KB059912

세계는   수레바퀴
이렇게
바뀐다   이후

세계는
이렇게 바뀐다

수레바
퀴

이
후

단요
　장편
　소설

사□계절

차례

이런 장면을 상상해보라.

아무런 향기나 악취가 없어서 메마른 느낌마저 주는 공기, 병원 로고가 프린트된 희고 뻣뻣한 시트, 얇은 이불을 들추고 나와 소변 봉투로 향하는 도뇨관. 일반실과 달리 중환자실의 침대 난간은 강화플라스틱으로 덧대어져 있는데, 특유의 곡선은 환자를 요람에 누운 아기처럼 보이게끔 한다.

당신은 노인의 평온한 얼굴을 내려다보며 죽음과 탄생이 맞닿아 있다는 격언을 되새기고, 고개를 들어 삶이 업보의 총합이라는 사실을 상기한다. 노인의 머리 위에는 두 가지 색상으로만 이루어진 원판이 떠올라 있다.

원판을 돌릴 시간이다.

생명 유지 장치가 정지하면서 심전도가 곧은 일직선을 그리고, 멈춰 있던 원판은 망자의 생기를 흡수한 듯 빠르게 돌기 시작한다. 속도가 눈에 띄게 느려지는 것은 바늘이 청색 부분을 다섯 번째로 지날 무렵인데, 이대로라면 적색 부분을 온전히 통과하지 못할 것 같다. 침대를 둘러싼 사람들의 입에서 때 이른 탄식이 흘러나온다. 옆 사람의 손목을 꼭 붙잡는 이도 있다.

이제 어떻게 될까?

적색 부분에 접어든 바늘은 힘겹도록 느리게 나아간다. 당신은 시간의 흐름이 바늘의 보폭에 발맞추어 가는 것을 느낀다. 누군가에게는 악당이었고 누군가에게는 선인이었을 노인의 평생이, 바늘의 뾰족한 끄트머리에 압축되는 것을 느낀다. 바늘이 마침내 멈춘다. 청색. 통과다. 온화한 빛이 노인의 영혼을 거두어 가고 주름진 얼굴에도 평온한 표정이 떠오른다. 안도의 눈물과 환호성이 뒤섞여 나온다. 당신은 함께 기쁨에 젖어 있다가, 갑작스러운 절규에 몸을 돌린다.

대각선 병상의 바늘은 적색에 멈춰 있다. 그림자가 검은 연못처럼 열리더니 앙상한 손들이 청년의 영혼을

세계는 이렇게 바뀐다

붙잡아 뜯어내는 중이다. 그런데 당신을 소름 끼치게 만드는 것은 어둠으로부터 들려오는 희미한 비명이 아니라, 청년의 원판에서 청색 비중이 9할이 넘어간다는 사실이다.

1장

바퀴가 막 발명되었을 때 지구에는 700만 명의 인간이 있었다. 바퀴는 도공陶工의 공방에서, 물레방앗간에서, 수송로에서, 전장에서, 시계판 아래에서 역사를 이끌어왔다. 바퀴의 회전은 시작도 끝도 없는 반복이자 순환이지만 그것이 멎는 순간은 시작이거나 끝이다. 차의 바퀴가 갑작스레 멈추면 교통사고가 일어난다. 카지노의 빅휠이 멈추면 누군가는 돈을 잃고 누군가는 돈을 번다. 로마신화의 여신 포르투나는 수레바퀴를 돌려 행운과 불운을 뒤바꾸고, 타로 카드의 10번 아르카나는 '운명의 수레바퀴'다.

그렇다, **운명의 수레바퀴**. 작년 여름을 기점으로 수레바퀴는 비유와 상징의 세계를 벗어나 80억 명의 삶으로 성큼 다가왔다. 그리고 많은 것들이 시작되거나 끝났다.

만질 수도 없고 과학으로도 검증할 수 없는 원판은 인간의 정수리에서 50센티가량 떠올라 있으며, 정의를 상징하는 청색과 부덕을 상징하는 적색 영역으로 이분二分된다.

두 영역의 비율은 삶의 행적에 따라 실시간으로 변화하는데, 강도와 같은 중범죄는 초범의 경우 평균적으로 5에서 15퍼센트 사이의 변동을 보이고 살인은 그보다 더 크다. 한편 범죄를 저지르지 않았다고 해서 천국행이 예정된 것도 아니다. 비록 경마가 합법일지라도 여윳돈을 경마장에서 날려버릴 바에는 자선단체에 기부하는 편이 낫다는 데에 모두가 동의할 것이다. 피치 못할 이유가 아니라면 자가용보다는 지하철로 이동하는 편이 훨씬 낫듯이 말이다.

달리 말하면, 보통 사람의 일상은 완벽한 정의와 거리가 멀다. 우리는 안락함과 멋을 위해 SUV를 선택하고, 부담스러운 가격이 아니기 때문에 일회용 칫솔을 한번 쓴 다음 휙 던져버린다. 지구 반대편에서 수억 명의 사람들이 굶어 죽어간다는 사실을 알면서도 특별한 날을 기념하기 위해 비싼 식당에 간다. 커피나 옷이 제3세계의 착취와 연관되어 있으리라고 생각하면서도 구매 버튼을 누른다. 희토류 채굴에 반대하는 환경운동가들이 마피아에게 살해당했다는 뉴스를 읽은 후 전기차를 탄다.

독재국가의 경우에는 이야기가 더욱 복잡해진다. 독재 체제는 위로부터의 탄압과 아래로부터의 자발성을 동시에 보이기 때문이다. 중국을 예로 들어보자. 14억 명 모두가 태어날 때부터 소수민족 박해를 지지하는 국수주의자였던 것은 아니다. 가치관은 학습된다. 그리고 자연스레 학습된 가치관은 폭력의 근거가 되기도 한다. 평범한 중국인은 신장 위구르 지역에서 일어나는 일들이 완벽히 정당하다고 믿는다—미국에서 태어났더라면 평범한 리버럴이었을 사람이(중국산 공산품과 유기농 로컬 제품을 섞어 쓰면서 신장 위구르를 위해 기부했을 사람이) 중국에서 태어났기 때문에 더 낮은 성적표를 받아 드는 건 불공평한 일처럼 보인다. 범죄율이 아주 높고 마피아가 정부를 대체한 국가의 시민들에게도 비슷한 논리가 적용될 수 있다. 도둑질과 폭행이 악행이라는 데에는 의심의 여지가 없지만, 그게 삶의 방식 중 하나인 곳에서 도덕률을 따르기로 결심하는 것은 치안 좋은 선진국에서의 결심과는 완전히 다른 무게를 지닐 것이다.

공식 통계에 따르면 개개인이 지옥행을 피할 확률은 어느 나라에서든 평균적으로 65퍼센트 전후고, 주변인과 원만한 관계를 유지하고 정기적으로 기부하는 사람조차 70퍼센트를 넘기 어렵다. 한편 보험금 때문에 아내를 죽인 미국 사업가가 천국에 갈 확률은 3퍼센트였지만 일곱 건의 살인을 저지른 반군 소년이 천국에 갈 확률은 11퍼센트였다.

즉 수레바퀴는 환경과 동기를 참작하면서도 그걸 완전한 면죄부로 삼지 않으며, 부분적으로는 개인적인 실천 이상의 변화를 요구하는 것처럼 보인다. 선진국 시민에게는 구조적인 착취를 외면한 채 풍요를 만끽한 책임을, 독재국가 시민에게는 신념과 행위의 정당성을 묻고 있다는 것이 중론이다.

덕분에 수레바퀴의 출현은 진짜 바퀴의 발명만큼이나 세계를 바꾸어놓았다. 이제 사람들은 연봉을 높이기 위해서가 아니라 지옥에 갈 확률을 낮추기 위해서 자기계발서를 읽고, 유망한 주식 종목 대신 도덕의 토대에 대한 이론들을 공부한다. 자본주의를 폐기해야 한다는 요구가, 변방에만 머무르던 이론들이 부상하고 있다. 인류에게는 이미 80억 명의 사람들을 먹이고 입힐 능력이 있다. 시세 방어를 위해 초과 생산된 곡식을 불태우고 새 티셔츠를 쓰레기통에 휙 버리는 일이 반복됐을 뿐이다. 선진국 국민은 우리의 것을 저들에게 나눠주겠다며 외치는 정치인에게 표를 던지며, EU 소속국은 난민 쿼터를 피하기 위해서가 아니라 조금이라도 더 받아내기 위하여 협상장에 나선다. 베를린에서는 특별한 사유 없는 자동차 소유를 원천적으로 금지하는 법안이 발의됐고, 글로벌 정유사는 순이익의 100퍼센트를 탈탄소 기술에 투자할 것을 약속했다.

여기까지는 그럭저럭 괜찮아 보인다. 개개인에게는 지옥행을 피하려는 몸부림일지라도, 그 총합은 합당한 분배와 정의의 형상으로 나타나기 때문이다. 그런데 묘한 점은, 천국에 줄 선 사람들이 딱히 행복해 보이지 않는다는 것이다. 당연하다면 당연한 일이다. 장난감 가격만큼의 돈으로 할 수 있는 기부와 생산과정에서의 환경오염을 생각하는 삶이, 장난감을 가지고 노는 삶보다 즐거울 수는 없을 테니까.

수레바퀴는 혹시 현세를 고행의 장소로, 천국 이전의 연옥으로 만들려는 것일까? 국립대 철학과 교수이자 윤리학자인 K의 설명을 들어본다.

"확실히 해둘 것은, 도덕은 제로섬 게임이나 무분별한 희생과는 거리가 멀다는 겁니다. 물론 수레바퀴의 요구에 부응하려면 사리私利를 어느 정도 포기할 필요가 있지만, 대부분의 윤리관은 개개인이 자신의 복지에 관심을 기울이는 것이 합당한 일이라고 봅니다. 따라서 핵심은 다양한 도덕적 요구들이 서로 어떤 관계를 맺는지, 각각의 상황에서 가장 합당한 게 무엇인지 하는 고민이 되겠지요. 예컨대 스포츠카를 타고 다니는 건 확실히 숙고할 문제지만 중고 매장에서 산 300피스 퍼즐 하나쯤은 허락할 만한 즐거움입니다."

나는 대학교 부지 내에 마련된 작은 카페에서 K를 만났다. 날카롭고 우울한 인상의 중년은 근 몇 달 사이에 누구든지 얼굴을 알아볼 만한 유명 인사가 되어 있었다. 우리는 수줍게 다가와 인사를 건네는 학생들 때문에 인터뷰를 잠시 중단하고 그녀의 연구실로 자리를 옮겨야만 했다. 두 가지의 사실이 유명세에 기여했다. 하나는 그녀가 학계에서 활발히 활동하는 윤리학자라는 점이고, 다른 하나는 그녀의 청색 영역이 99.4퍼센트에 달한다는 점이다.

"그리고 무엇보다, 고행만으로는 적색 영역을 줄이기 어렵습니다. 어느 선까지는 확실히 올라가지만 여분이 남죠. 실리콘밸리의 친환경주의자는 나이지리아의 대가족보다 더 많은 탄소를 배출하므로 지금 당장 평야로 이주해서 전통적인 삶의 방식을 배워야 한다는 농담을 떠올려봅시다. 사람이 죽는 것이야말로 친환경이니까, 아무래도 수레바퀴는 사람들이 행복하게 살아가는 꼴을 참지 못하는 것 같으니까, 자살자는 반드시 천국에 갈 것이라는 농담도요."

농담을 실천에 옮긴 사람들 덕에, 인류는 농담을 제자리에 남겨둬야 한다는 교훈을 얻었다. 내가 풍요를 포기하는 것과 다른 사람의 처지가 나아지는 것 사이에 직접적인 연결고리가 없다는 깨달음은 덤이다. 죽음을 택한다면야 한 사람 몫의 탄소는 확실히 줄어들겠지만 그런다고 해서 훼손된 삼림이 복원되는 것은 아니니 말이다. 일상적인 실천과 구조적인 변화 사이에 큰 간격이 있다는 사실과 맥락이 통하는 이야기다.

한편으로는 대량생산과 도시 생활은 악이고, 과거

로 돌아가기만 한다면 선해질 수 있다는 고정관념도 문제다. 규모의 경제에서 오는 효율성은 전통적인 가내수공업에 비할 바가 아니거니와 도덕적 실천을 논하면서 타산을 빼놓기란 불가능하다. 느낌에 기반한 선택보다는 정교한 방법론이 필요하다는 증거다.

"선진국 사람들이 지금 당장 도시를 떠나 자연으로 돌아가는 게 큰 의미가 없는 일인 것처럼, 행복을 극단적으로 줄일 필요도 없다는 말씀으로 이해하겠습니다. 큰 틀에서의 실질적인 변화가 중요하다, 이렇게요. 그런데 선생님의 수레바퀴를 그 주장에 대한 반론으로 삼는 경우도 있는 것으로 압니다만…."

나는 넌지시 질문을 던지면서 K의 수레바퀴를 힐끔 올려다보았다. 99.4퍼센트는 정말로 흔치 않은 수치고, 그 수레바퀴의 주인이 활동가가 아니라 평범한 대학교수라면 말할 것도 없다.

"아시다시피 수레바퀴는 결과뿐만 아니라 정황과 동기를 감안합니다. 동기에는 포괄적인 행위능력이 포함되죠. 예컨대 경계선 지능인은 소외되기 쉬운 데다가 사회적 불이익을 이해하는 능력이 부족하기 때문에, 더 쉽게 범죄에 노출됩니다. 피해자일 때도 많지만 가해자일 때도 있죠. 뇌종양 때문에 폭력적으로 변한 사람도 있고요."

"그렇다면 선생님의 99.4퍼센트도 내면의 요인 때문이라고 볼 수 있을까요? 전공 분야 때문에? 아니면⋯."

보정치 가설에 따르면 폭력적인 충동에 시달리는 사람이나 사이코패스는 사회의 규칙을 따르는 것만으로도 더 많은 천국 점수를 얻을 것이다. K는 생략된 문장을 빠르게 읽어내고는 미소 지었다.

"답을 드리기 전에, 윤리학이라는 분과를 다시금 소개해보겠습니다. 철학은 꽤 오랫동안 인기 없는 학문이었지만, 인기 없는 것들 사이에도 우열은 있기 마련입니다. 윤리학은 법철학과 정치철학에 이론적 기반을 제공하고, 대부분의 윤리학자는 정치철학자이기도 하지만, 윤리학이 그 자체로 대중적인 주목을 받는 일은 흔치 않았죠."

통념과 달리 윤리학은 착하게 사는 법을 족집게처럼 알려주는 학문이 아니다. 그건 오히려 도덕적 직관이 무엇으로 이루어졌는지를 분해하는 작업에 가깝다. 귀찮다는 이유로 부상자를 무시하려는 사람을 상상해보자. 이 사람이 잘못하고 있다는 건 당연해 보인다. 그런데 왜 잘못된 걸까? 당연히 잘못된 태도이기 때문에? 공리주의자들은 행복과 복지의 총합을 이야기한다. 토머스 스캔론을 비롯한 계약주의자들은 정당화가능성의 이상the ideal of justifiability이라는 개념을 사용한다. 도덕의 기반과 도덕이라는 관념 자체에 대해, 더 많은 시선이 경합한다. 데렉 파핏, 데이비드 고티에, 앨런 기바드….

"보통은 당연하다는 선에서 생각을 끝낼 뿐이지, 그걸 당연하게 만드는 원리를 궁금해하진 않습니다. 대부분은 윤리를 중학교의 도덕 과목처럼 받아들이죠. 너무 상식적인 소리만 적혀 있어서 지루하고, 시험이 끝나면 잊어버리는 주제요. 반면 도덕적 직관이 부족하다면 흥미를 느끼기도 더 쉽겠죠."

"윤리학에 투신한 사람들은 보통 그런 부분이 결여되었다는 건가요?"

"글쎄요, 그렇다고 단언하는 건 엄청난 무례일 겁니다. 비실재론 철학자들이 자기중심적이라고 말할 수 없는 것과 똑같은 이치죠. 선택에는 다양한 이유가 작용하고 내가 아는 동료 연구자 중에는 정말로 선한 사람들이 많으니까요. 하지만 어쨌든, 난 그런 경우예요."

K는 내가 원고에 이 대화를 옮겨 적는 것을 허락

했다.

나는 키보드를 두드리면서 조금 불쾌한 생각을 하고 있다. 사이코패시나 폭력 충동이 가점의 비결이라면 거기에 어울리는 뇌수술이 개발되어야 할 것이기 때문이다. 물론 수레바퀴가 없는데도 도덕률을 따르는 것과 수레바퀴가 보이기 때문에 도덕률을 따르는 건 다른 일일 테고, 인위적 정신질환자가 K 교수와 같은 점수를 받을지도 분명치 않다. 하지만 누군가는 그런 도박을 시도할 게 분명하다.

돈은 크게 두 방향으로 몰려가고 있다. 하나는 세계의 불평등과 부정의를 바로잡는 것이다. 다른 하나는 원판의 규칙과 보정치를 역산해 그 틈새를 비집고 들어가려는 것이다. 덕분에 사회학과 철학 분야는 유례없는 활황에 접어들었으며 데이터공학 및 통계학과 접목된 새로운 시도들이 매 순간 나타나고 있다. 2장에서 다룰 내용이 바로 그것이다. 전두엽 위축술을 돈벌이로 삼으려는 사람은 아직 나타나지 않았지만, 이 책의 개정판을 낼 무렵에는 2장에 한 단락이 추가될 것 같다는 생각이 든다.

"아마도 그럴 겁니다."

K는 내 걱정에 대해 이렇게 답했다.

"그래서 어떤 사람들은 원판 자체가 악하다고 말하기도 하죠. 이토록 빈틈과 변수가 많은 세상에서 선악을 정량적인 숫자로 계산하는 건 부당하다고요. 수레바퀴의 규칙이 모종의 도덕을 가정하는 것처럼 보일지라도, 그것 자체는 비도덕적일 수밖에 없다고요. 게다가 최종적인 판결을 확률에 맡기는 건 불합리의 절정이라고요. 옳은 말이죠. 하지만 나는 수레바퀴가 가져온 이 변화가 마음에 듭니다. 모두가 주식과 부동산에 눈이 벌게져 있던 시절보다는 지금이 더… 풍부하고 다채롭지 않나요?"

나는 별다른 거부감 없이 동의했다.

2장

    수레바퀴는 경도와 위도에 따라 토요일 새벽 세 시도 금요일 저녁 다섯 시도 될 수 있는 시간에, 누군가는 잠들어 있고 누군가는 일하고 누군가는 쉬는 시간에 나타났다.

    마지막 때의 징조라 말하는 사람이 있었고, 나노칩 음모론을 주장하는 사람이 있었고, 정신과에 달려가서 약을 증량하려는 사람이 있었다. 그러다가 두어 시간이 지나 죽어가는 이를 찍은 영상이 인터넷에 업로드되기 시작했다. 빛에 거두어지거나 어두운 심연으로 끌려 내려가는 영혼들.

    '종말'의 검색량이 폭증했고 몇몇 대형 교회의 목사

들이 잠적했다. 성폭력을 은폐했다는 혐의를 받던 가톨릭 대주교들이 천국에 갈 확률은 많아봐야 2할에 불과했다. 높은 청색 비중을 얻어낸 성직자들도 많았지만 신앙 덕분은 아니었다. 가진 것을 나누고 헌신하는 삶을 살았을 뿐이다.

결국 질문의 초점이 '누구를 믿느냐'보다 '어떻게 처신하느냐'로 옮겨 간 순간부터 철학과 종교의 위치가 뒤집어졌다. 오래도록 재고로 남았던 규범윤리학 도서들이 하루 만에 증쇄를 결정했고 방송사는 철학 특집을 편성했다. 그러는 동안 카메라의 관음증은 대개 아이돌의 숙소를 향했다.

우상을 죽이는 죄

아이돌은 수레바퀴의 시대를 미리 체험한 얼마 안 되는 직업이었다. 바로 작년까지 우리는 정치인과 기업가의 부덕에는 쉽게 눈감으면서 방송인에게만은 가혹한 도덕주의를 들이미는 시대를 살았던 것이다. 특히 아나운서보다는 배우에게, 배우보다는 아이돌에게 더 엄격한 잣대가 제시되었다.

21세기에 접어들어 아이돌 산업은 노래와 춤뿐만

이 아니라 한 인간의 총체적인 이미지를 판매하는 산업으로 완성되었고, 그러한 변화를 이끈 것은 기획사가 아니라 팬덤이었다. 가수의 미담을 자랑스러워하고 흠결을 부끄러워하는 팬들, 그들이 무대 밖에서도 완벽하기를 바라는 팬들이 마케팅에 조응하며 새로운 규칙을 만들어낸 것이다. 결국 가창력보다 인성이 더욱 '팔리는' 가치가 된 순간부터 아이돌 문화는 도덕주의를 향해 내달리고 있었다.

당연하게도 아이돌 팬덤은 수레바퀴의 출현에 가장 예민하게 반응한 집단 중 하나였다. 유명 아이돌 그룹 멤버의 청색 비율이 정리된 트윗은 하루 만에 15만 회 공유되었던 반면 '인기 없는 망돌은 정리글도 안 올라온다'는 식의 자조가 나돌기도 했다. 인성 논란에 휩싸였던 A양은 8할의 청색 영역과 함께 화려하게 복귀했지만 C군은 그 반대의 일을 겪었다. 당시 올라왔던 트윗을 간추려보자면 다음과 같다.

- C 쎄하긴 했음. 이때 P 노려보는 거에서 본성 보임^_^ (영상 첨부)

- 지금까지 다 가식이었다는 거 아니야? 난 다른 게 아니라

C가 지금까지 우릴 어떻게 봤을까가 너무 신경 쓰이고 짜
증나… 지가 인성돌[1]로 영업되는 거 즐겼을 거 생각하면 역
겨워…ㅋㅋㅠ 세상 환멸이다… C야…

- C줌년들[2] 인지부조화 걸려서 정병[3]왔노ㅠㅠ 느그 C랑 손
잡고 죽어ㅠㅠ 자살해ㅠㅠㅠㅠ

- C 그냥 꼬옥 자살해주면 돼 #C_탈퇴해

    C의 청색 비중은 4할에 조금 못 미치는 수준이었
다. 낮긴 하지만 무리 없이 일상생활을 영위하는 사람들
중에서도 종종 보이는 수치고, 만약 범죄를 저질렀더라
도 수만 명의 공분을 살 정도라고는 말할 수 없다(나중에
밝혀지기로, C는 다중 계정으로 익명 사이트에 분란을 일으키
곤 했다고 한다. 꼬마빌딩을 취득하는 동안 사용한 탈세 테크
닉이 영향을 미쳤을 수도 있다. 어쨌거나 죽을 만한 죄가 아니
라는 데에 모두가 동의할 것이다).

    전문가들은 당시의 분위기에 크게 세 가지 요인이
작용했다고 진단한다. 하나는 인성 마케팅의 역풍이다.
숭배의 근거가 좌절되면서 극단적인 분노로 변한 것이
다. 둘째는 불안의 투사다. C의 적색 영역이, 평균적인
사람에게 잠재된 지옥의 가능성을 드러내는 역할을 했

다는 것이다. 세 번째는 선해지고자 하는 열망 그 자체다. 범죄자들을 린치해 죽이던 역사로부터 알 수 있듯이 선을 증명하려는 시도는 악을 벌하는 방식으로 나타나곤 한다.

그러나 징벌자가 되고자 할 때는 누구든 이렇게 자문할 필요가 있다. 이것만이 합당한 대응인가? 혹시 나는 개인적인 분노를 정의감과 혼동하고 있는 것은 아닌가? 무엇보다도, 악인처럼 보이는 누군가에게 분노를 표출하고 공격성을 드러내는 것이 그 자체로 정의로운 일인가?

철학자 오언 플래너건은 달라이 라마를 만났을 때 홀로코스트를 멈추기 위해 히틀러를 죽이겠냐는 질문을 던졌다고 한다. 달라이 라마의 대답은 이렇다.

"누군가는 히틀러를 죽여야 합니다. 하지만 화를 내서는 안 됩니다."

히틀러를 상대할 때가 아니더라도 마찬가지다. 우리는 분노하지 않더라도 선행을 하거나 악을 막을 수 있으며, 더 나아가 의분으로 인해 악해지기도 한다. 사이버 린치에 가담한 자들은 스스로의 수레바퀴로 그 사실을 배웠다. C가 자살을 택하면서 거기에 연루된 사람들의 청색 비중이 일제히 후퇴했던 것이다. 대부분은 0.5퍼센트에서 1퍼센트 정도의 변동만을 보였지만 열성적으로 루머를 퍼뜨린 이들은 크게는 15퍼센트의 하락을 보였다.

한국뿐만 아니라 다른 국가들에서도 비슷한 일이 동시다발적으로 일어났다. 수레바퀴가 출현하고서 열흘이 채 지나지 않은 시점이었다. 이러한 사건은 전 세계 사람들에게 몇 가지 깨달음을 안겨다주었다. 수레바퀴는 사건의 규모와 참여 인원을 감안하지만, 그럼에도 희석되지 않고 남는 죄가 있다는 것. 선은 악에 분노하고 악인을 벌하는 것 이상의 복잡함으로 이루어진다는 것. 타인의 결점에 과한 관심을 쏟는 건 악질적인 스포츠일 뿐이지 선행이 아니라는 것. 따라서 평범한 삶의 태도로는 기껏해야 65퍼센트를 유지할 수밖에 없으리라는 것. 지옥에 떨어질 확률을 줄이려면 무언가가 완전히 달라져야 한다는 것.

하지만 연예계 스캔들과 달리 윤리학은 어렵고, 가끔은 도덕적 직관에 반한다. 설상가상으로 윤리학자들은 아직까지도 수레바퀴의 정확한 규칙을 밝혀내지 못했다(수레바퀴는 종종 결과주의적이지만, 유의미한 빈도로 동기와 여건을 감안하고, 피행위자의 반응을 중시하는 면모를 보이는 동시에, 타산을 따지기도 한다). 게다가 아침 아홉 시부터 여섯 시까지의 정규 근무와 두 시간의 출퇴근은 사람을 지치게 만든다. 선해질 시간이 없다!

이러한 틈새를 비집고 다양한 서비스와 콘텐츠가 나타났다. 테리 이글턴의 지적을 되새길 시간이다. "인간의 열망은 결코 명백한 선이 될 수 없다. (⋯) 단순히 욕망을 억압하거나 소외시켜서 또는 욕망의 편향성 때문에 우리의 힘이 곪아터지는 게 아니다. 그보다는 처음부터 어떤 일정한 질병에 의해 욕망이 침투해 들어온다."[4]

혹은 막스 베버의 말을 떠올릴 필요가 있을지도 모른다. "자본주의 정신은 자신이 출현해서 그 힘을 발휘할 수 있는 여건이 되어 있는 모든 곳에서 자본을 수단으로 사용해서 자신의 힘을 발휘한다."[5]

데이터가 있다면 분석할 수 있다

거울에 맺힌 상이 자기 자신임을 아는 동물은 얼마 없다. 인간은 그 얼마 되지 않는 동물들 중 하나일 뿐만 아니라, 스스로에게 무척이나 관심이 많다. 영국의 인테리어 업체인 베타 리빙Betta Living의 2014년 조사에 따르면, 25~50세 사이의 영국 남성은 거울을 들여다보는 데에 매일 56분을 할애한다고 한다. 여성은 이보다 소폭 낮아서, 1일 평균 43.5분이다. 지금은 어느 정도일까? 공식적인 집계는 아직 없지만, 그간의 변화를 감안하면 이제는 남녀 모두 한 시간이 넘어간다 해도 놀랍지 않을 듯하다. 무엇보다도 당시에는 거울을 들여다볼 이유가 외모뿐이었으니 말이다.

우리는 이제 다른 이유로 거울을 보며 다른 이유로 '셀카'를 찍는다.

"상황이 파악되자마자 룸메이트가 기록을 해둬야겠다면서 셀카를 찍더라고요. 느낌이 확 왔죠. 이건 무조건 팔릴 아이템이다, 하고."

휠데브WheelDev의 창업자인 T의 말이다. 휠데브는 수레바퀴 추적·관리 애플리케이션을 가장 먼저 출시한 스타트업으로서, 해당 애플리케이션은 현재 안드로이드 플레이스토어에서 관련 분야 1위를 기록하고 있다.

"증강현실AR 쪽으로 프로젝트를 진행해본 경험이 있었어요. 그 밖에도 뭐가 필요한지 대강이나마 알고 있었고요. 도움을 주겠다며 나선 선배도 한 분 계셨어요.

다행이었죠."

T의 추진력은 한국이 가장 세속적인 국가 중 하나라는 사실과 무관하지 않아 보인다. 실리콘밸리의 시니어 개발자들이 상담사에게 연락하거나 기도와 명상을 시도할 동안 스물세 살의 대학생은 세속적인 목표에 집중했던 것이다.

초기의 혼란 속에서 애플리케이션의 완성도는 큰 문제가 아니었고, 랭킹에 오르자 완성도 문제 역시 자연스레 해결되었다. 색다른 커리어에 목마른 개발자들이 협조 의사를 밝힌 것이다. 현재 휠데브는 굴지의 IT 대기업에 인수되어 타 계열사와 긴밀한 협업을 이어가고 있으며, 기능 면에서도 비약적인 발전을 이뤘다.

애플리케이션은 다음과 같은 서비스를 제공한다:

① 기록. 아침 일곱 시와 밤 아홉 시에 한 번씩 알람을 보내 사용자가 자신의 수레바퀴를 촬영하게끔 한다(시간은 설정에서 조정할 수 있다). 촬영된 이미지는 분석을 거쳐 78.4퍼센트와 같은 숫자 데이터로 변환된 후 일일 기록지에 저장된다. 수레바퀴 자체에는 숫자가 나타나지 않으므로 대략적인 비율이 아니라 소수점 단위의

퍼센티지를 알아내기 위해서는 이러한 서비스의 도움이 필수적이다. 또한 사용자는 일일 기록지에 하루 동안의 행동을 메모할 수 있다.

② 빅데이터 분석. 개인 데이터 수집 및 사용(제3자 제공 포함)에 동의할 경우, 휠데브는 사용자가 메모한 행동을 퍼센티지 변동과 연관 지어 분석한다. 동의하지 않을 경우 개인 맞춤형 서비스는 사용이 제한된다. 한편 익명화된 데이터는 타 서비스 개발에 사용되거나 관련 연구기관에 공급되기도 한다.

③ 인공신경망을 활용한 개인 맞춤형 서비스. 〈이렇게 해보면 어때요?〉는 사용자가 악행을 돌이킬 방법과 선해질 방법을 제안해주는 인공지능 채팅 서비스다. 상황에 맞는 위로와 응원 또한 제공한다. "직장 동료를 탓했던 문제가 사실은 사용자님의 잘못이었나요? 솔직히 인정하고 사과해보세요! +0.07%(예상치)"

〈미래 일지〉는 지금과 같은 행동 패턴이 계속된다는 가정하에, 일정 기간 후의 수레바퀴 비율을 추정해준다. "5년 뒤에 사용자님이 천국에 갈 확률은⋯ 67%입니다." 기타 등등.

④ 타 서비스와의 연계. 〈이렇게 해보면 어때요?〉는
심리 상담, 철학 강의, 컨설팅 등 내·외부 서비스를 추천
하며, 이는 종종 유료 결제를 요구한다.

이러한 애플리케이션은 절박한 마음을 상업적으로
이용한다는 비판에 직면하곤 한다. 나도 그렇게 말하고
다니는 사람이지만, 한편으로는 어쩔 수 없이 애플리케
이션을 이용하는 사람 중 하나이기도 하다. 자본주의의
대안이 시시각각 제시되고 있을지라도 그걸 일시에 적
용할 방법은 마땅치 않으며, 돈은 아직 모든 관계와 욕
구의 번역물로 남아 있다. 이론과 토의는 까다로운 반면
돈은 명확하고 간결하기 때문일 것이다.

돈의 굴레에서 벗어나려면 밑지는 장사를 하는 수
밖에 없다. 어떠한 수익 모델도 없이, 사용자들의 복지
를 위해서만 애플리케이션을 공개하는 것이다. 다행히
도 이 점에서는 휠데브의 강력한 경쟁자가 있다. 뉴질랜
드에 소재지를 둔 자비의 개발자 재단Developers of Mercy
Foundation은 기부금으로만 운영되는 비영리 오픈소스 재

단법인으로서, 휠데브와 거의 유사한 서비스를 제공한다. 애플리케이션을 통해 수집되는 개인 데이터는 비영리 학술 연구를 위해서만 쓰이며, 데이터 수집 및 제3자 제공에 동의하지 않더라도 여전히 대부분의 기능을 사용할 수 있다.

나는 T에게 재단에 대한 의견을 물었다.

"글쎄요, 장기적으로는 재단 쪽 가입자가 더 많아지겠죠. 개발자 풀도 마찬가지고요. 선업을 쌓으려는 개발자들은 보통은 비영리 서비스로 가고요, 겁 많은 사람들은 중립적인 쪽. 그러니까 수레바퀴랑은 관련 없는 쪽에서 일하지 이쪽엔 안 와요. 결국엔 한철 장사죠. 우리 애플리케이션은 뭐랄까… 돈이 중요할 동안에만 유지되다가, 돈이 전혀 중요하지 않은 시대가 오면 자연스레 저물 서비스예요. 대안이 없으면 비도덕적인 게 맞겠지만, 지금은 그냥 차등을 둔 거라고 생각해요. 돈을 내고서라도 컨설팅을 받아봐야겠다 싶으면 결제를 하는 거고, 이게 싫으면 재단 앱을 쓰면 돼요. 나쁠 건 없지 않나요? 우리 사무실에는 오히려 점수 올라간 사람도 있어요. 몰래 사람이라도 구하고 왔냐면서 놀렸는데."

T의 청색 영역은 수레바퀴가 나타난 첫날 55퍼센

트였다. 평균보다 확실히 낮다. 그리고 이 인터뷰를 진행한 시점에서는 47퍼센트다. 하락분인 8퍼센트는 상업주의에 내재된 비윤리성 때문일 수도 있고, 평소의 태도 때문일 수도 있고, 인공신경망 학습이 배출하는 이산화탄소 때문일 수도 있고, 높은 자리에 오르면서 하급자들에게 소리를 많이 지르게 되었기 때문일 수도 있다(T는 이 사실을 부정하지 않았다. "거짓말을 하면 점수가 깎이잖아요? 두 배로 얻어맞으면 불공평하죠."). T는 자신이 딱히 착한 편은 아니었고 지금도 굳이 애서서 착해질 마음은 들지 않는다고, 그리고 천국에 가기 위해 착해진다면 그게 무슨 의미겠냐고 묻는다.

"실용주의적 관점에선 의미가 있지 않을까요?"

"그거야 그렇겠죠. 착한 척이라도 하는 게 안 하는 것보단 낫고, 기부하는 게 혼자서 외제차를 굴리는 것보단 나으니까. 아, 그런데 전 작년에는 스물셋이었고 지금은 스물넷이거든요. 회개할 시간이 많이 남았다는 거죠. 솔직히 그렇게까지 나쁘게 살았던 것 같지도 않고."

"하지만 만약이라는 게 있죠."

"만약이라, 길 가다가 자동차에 치일 확률이 0.1퍼센트쯤 되나? 거기에 비하면 47퍼센트는 엄청 높은 수치 같은데요. 0.1퍼센트가 되는데 이게 안 되겠어요?"

T는 웃음을 터뜨리며 자신의 수레바퀴를 가리켰다. 스물네 살에게 어울리는 경쾌한 웃음소리였고, 나는 뒤틀린 낙관과 뻔뻔스러운 용기가 이 업계에 반드시 필요한 미덕이라고 느꼈다(실제로 수레바퀴 관련 산업 종사자들의 청색 비율은 평균치에 비해 6퍼센트가량 낮다).

그런데 잠깐, 이 업계가 유별나게 특이한 걸까? 수레바퀴가 나타나기 전에도 우리는 비슷하게 악해질 수 있는 직업을 알고 있었다. 비윤리적인 태도로 지탄을 받을지라도, 곤경에 처하면 기댈 수밖에 없는 상대. 바로 변호사다.

수레바퀴를 변호하기

수레바퀴 차별 같은 문제가 있긴 하지만, 솔직히 인정하자. 우리는 적색 비중이 높은 사람을 껄끄럽게 느낀다.

눈빛이 흉흉한 부류는 높은 확률로 범죄자고, 인상이 멀끔하고 언변이 유창한 사람이라면 사기꾼일 가능성이 높다. 법에 걸리진 않을 결점일지라도 무언가를 감추고 있다. 그렇다면 배우자가 후자라는 사실을 알게 된 사람들은 어떻게 행동할까? 가정적이고 완벽한 남자가 사실은 가면을 쓴 괴물이었음을 깨닫고 두려움에 떨기? 아니면 모든 사람에게는 크고 작은 허물이 있음을 인정하고 개선과 발전의 가능성을 믿기?

우리는 장기적인 사고에 적합하지 않게 태어났다. 근대화가 만들어낸 인간상은 고작 200년간 지속되었을 뿐이고, 종으로서의 인간은 400만 년 동안 포식자들에게 쫓기며 살아왔다는 사실을 떠올려보자. 쿠거에게서 도망치고 동굴에 숨어 지내던 원시인들의 피는 윤리와 제도 이전에 존재하는 것이다. 몇몇은 사랑과 본능 사이에서 갈팡질팡하던 끝에 수레바퀴 부정론자가 되었지만, 대부분은 이혼을 진지하게 고려하고 실천에 옮겼다. 통계청에 따르면 수레바퀴 사태 이후 이혼 건수는 전반기 대비 17.4퍼센트 증가했다.

그런데 이혼은 인간관계의 문제이기 전에 법과 제도의 문제다. 재산 분할과 양육권을 해결하려면 높은 적색 영역이 어떤 귀책사유인지를 밝혀야 한다는 뜻이다. 무엇보다도 적색 영역은 악업의 총합을 보여줄 뿐이지 정확한 명세를 알려주지는 않는다. 오직 추정만이 가능하고, 만약 짚이는 구석을 유일한 진실로 믿을지라도 문제는 여전히 남는다.

가능한 사례를 예로 들어보자. 학교 폭력 가해자였던 직장인. 남몰래 쉰일곱 개의 익명 계정으로 비방성 게시글을 올리고 다닌 연예인. 셰일 회사의 로비를 받고 기후위기 음모론을 펼친 과학자. 산업재해를 은폐한 공장주. 슬럼가 주민들의 삶에 막대한 피해가 갈 것임을 알면서도 재개발을 추진한 정치인. 이건 모두 다른 종류의 죄고, 가치관에 따라서는 문제조차 아닐 수 있다. 경제와 산업의 기치를 내건 결정들은 특히 그렇다. 어딘가에서는 이런 대화가 오갔을지도 모른다.

"당신 때문에 내 수레바퀴가 이렇게 된 거예요!"

"경제성장은 중요해! 당신도 동의했잖아!"

앞서 말했듯 윤리학은 정치철학의 형제로서, 정의의 개념 또한 두 영역에 걸쳐 있다. 이때 합당한 분배가 정의의 일부이자 경제와 불가분의 관계라는 점을 감안하면 수레바퀴는 일상적인 양심을 벗어난 문제가 된다. 어떤 사람들의 주장에 따르면 수레바퀴는 공산주의를 강요하는 악마거나 외계인이다. 그리고 가정생활에 아무런 문제가 없는데도 정치 성향 때문에 이혼하려는 것은 상대의 일방적인 귀책이다. 만약 수레바퀴가 신의 의

지고 나는 정말로 악당일지라도, 강남 아파트를 빼앗기고 이혼당하는 것은 치명적인 타격이다. 막아야 한다!― 그런데 어떤 변호사를 고용해야 하지?

***

대중은 잔혹한 살인사건 앞에서 심신미약을 읊거나 근로 환경과 산업재해의 연관성을 부정하는 사람들에게 화를 내며, 이러한 의분은 곧잘 변호사에게로 옮겨 간다.

"어떻게 그런 일을 변호할 수 있죠?"

하지만 변호받을 권리는 헌법에 보장된 것이고, 변호사윤리장전은 '변호사는 의뢰인이나 사건의 내용이 사회 일반으로부터 비난을 받는다는 이유만으로 수임을 거절하여서는 아니 된다'고 규정한다. 누군가가 드웨인 존슨과 함께 몬산토에 맞선다면[6] 누군가는 몬산토의 편을 들어야 한다. 한편 응보주의 형벌론에서, 범죄자가 응분의 처벌을 받아야 한다는 말은 죄업보다 큰 벌을 받아서는 안 된다는 의미를 내포하기도 한다. 반론의 여지가 없는 흉악범조차 30년의 징역은 과하며 20년이 적당하다고 주장할 수 있는 것이다(구경꾼의 공분과는 별개로, 그게 진실일 수도 있다). 그리고 그 항변을 현실로 끌어오는 것까지가 변호사의 역할이다. 사회적 비난을 피하느라 책무를 방기하는 태도는 선의지라기보다는 대세에 영합하는 비겁함에 가까울 것이다.

결국 변호사의 직업윤리는 보편적인 윤리와 다소 차이가 있으며, 형식적인 직업윤리를 모두 수용하더라도 양심의 문제가 남는다. 악을 열심히 변호해야 한다면, 얼마나 열심히 해야 하는가? 가해자에게 유리한 논지가 피해자에게는 또 다른 가해가 된다면(성범죄 피해자의 평소 행실을 문제 삼는 변호사들을 생각해보라), 불이익을 감수하고서라도 다른 논지를 채택해야 하는가? 피해자를 공격하는 상황을 기쁘게 즐길 것인가, 철저히 사무적인 태도를 견지할 것인가, 아니면 모종의 씁쓸함을 느낄 것인가?

수레바퀴가 변호사에게 점수를 매기는 방식도 그만큼 복잡한 것처럼 보인다. 개인적인 삶의 방식이나 연간 기부액 등의 요인을 모두 통제하고 직업적 커리어만을 남기더라도, 변호사들의 수레바퀴 사이에는 종종 유의미한 차이가 생긴다. 이건 장본인뿐만 아니라 의뢰인에게도 큰 문제다.

앞서 소개한 문제로 돌아가서, 이혼소송을 준비하는 사람들의 입장이 되어보자. 당신은 아파트와 양육권을 지켜줄 적임자를 찾기 위해 변호사를 알아본다. 대부분은 지난 삶을 반추하느라 집에서 일기를 쓰고 있는데, 다행히 개점 상태인 사무소도 몇 곳 있다. 가까스로 예약을 잡은 다음 상담실에 앉는다. 그런데 눈앞에 나타난 변호사의 청색 영역은 3할에 불과하다. 비록 수레바퀴로 남을 꾸짖을 처지가 아닐지라도 당신은 갑자기 깊은 고민에 빠진다. 번지르르한 말로 의뢰인을 꼬드겨서 불가능한 소송을 시작하는 변호사들이 많기 때문이다. 착수금에만 관심이 있는 사기꾼이라면 당연히 새빨간 수레바퀴를 달고 있을 것이다.

이런 상황에도 사무소에 출근한 게 이상하다는 생각이 드는 와중, 소송에 능한 변호사일수록 청색 비중이 낮으리라는 가능성이 반론처럼 떠오른다. 한편 수레바퀴와 변호사로서의 능력 사이에 아무 관계가 없을 수도 있다. 당신은 눈앞의 변호사가 탈세를 저지른 범법자거나 남을 비난하는 것으로 음침한 욕구를 해소하는 사디스트일 가능성을 고려해본다. 그리고 조금 더 생각해보기로 한다.

대한변호사협회 통계에 따르면 93퍼센트의 사람이 변호사의 수레바퀴를 신경 쓰는데, 방향성은 사건의 종류와 의뢰인의 성향에 따라 다르다. 기업 간 소송에서는 적색 비중이 높은 변호사가 일관적으로 선호된다. 대여금 반환청구 등의 일반적인 개인 간 민사소송에서는 청색 비중이 높은 변호사가 선호되기도 한다. 반면 이혼과 같은 내밀한 분야에서는 변호사와 의뢰인의 수레바퀴가 서로 양의 상관관계를 지니는 경향이 있다. 즉 적색 의뢰인은 적색 변호사를, 청색 의뢰인은 청색 변호사를 찾는다. 이 통계에서 제일 흥미로운 부분은 청색 비중이 가장 중요시되는 분야가 형사소송이라는 점이다. 평균치를 내보았을 때 민사소송의 의뢰인들은 청색 영역이 42퍼센트 이상이라면 변호사를 믿을 수 있다고 본다. 형사소송에서는 이 수치가 51퍼센트로 올라간다. 폭행이나 절도로 기소당한 사람들이 도리어 변호사에게만은 엄격한 잣대를 들이대는 것이다. 당사자들은 이 아이러니를 어떻게 생각하고 있을까?

"다들 제정신이 아닙니다. 불합리하죠."

성범죄 전문 변호사인 O의 말이다. 그는 이 인터뷰

에서 익명을 요구했고, 적색 비중을 대략적으로나마 밝히는 것 또한 거부했다.

"여자들은 다 꽃뱀이라거나, 남자는 모두 무고죄의 희생양이라거나 하는 말을 하려는 게 아닙니다. 세상에는 사기꾼도 있지만 범죄자도 많으니까요. 범죄자가 무조건 더 많아요. 그런데 이 범죄자들은 진심으로 억울해하면서… 내 수레바퀴를 봅니다. 술에 잔뜩 취한 사람을 모텔로 끌고 간 건 정황상 합의를 거친 것이고, 자신의 청색 비중이 폭락한 건 수레바퀴의 기준이 잘못되었기 때문이지만, 나는 아무래도 믿을 만한 변호사가 아니라는 겁니다. 거울을 보라고 말하고 싶어지죠. 거울을 봐야 해요."

O의 말대로다. 수레바퀴가 나타나기 전에도 죄를 인정하고 반성하는 사람은 얼마 없었다. 교도소 수감자조차 판사와 변호사를 탓하고 자신의 잘못에 대해서는 변명의 여지를 남겨둔다. 그럴 의도가 아니었다거나, 오해였다거나, 피치 못할 사정이 있었다거나 하고. 형량이 결정된 후에도 똑같은 주장을 관철하는 것은 진심의 증거일 것이다. 그러면서도 동료 재소자의 한탄을 내심 비웃고, 자신이 피해자가 되면 도덕과 정의의 문제에 신경

을 곤두세운다. 스티븐 핑커가 **도덕화 간극**Moralization gap
이라 부른 현상이다.

"물론 전 회개하려는 쪽입니다. 하지만 젠장, 솔직
히 말합시다. 그게 바로 변호사의 역할이고, 누군가는
이 일을 해야 합니다. 이 일을 하면 못된 소리를 하기가
더 쉬워집니다. 반대의 경우를 생각해보죠. 인권운동을
하고 노조의 편에 서는 변호사… 아니면 똑같은 형사범
을 변호하더라도, 사명감에 불타는 국선변호사… 그쪽이
우리보다는 착하기 쉽겠죠. 불공정하지 않습니까?"

"그래도 말씀하신 분들보다는 돈을 더 버셨을 텐데
요. 스스로 선택하신 게 아닌가요?"

"이렇게 될 줄 알았더라면 안 했을 겁니다. 그리고
돈은 금융이나 기업 소송 전문이 더 많이 벌죠. 비슷한
급에서는, 그러니까 개인 대 개인 문제로 가면 이혼 전
문이나 우리나 돈은 비슷하게 들어오고요. 그쪽은 민사
고 우리는 형사라는 게 좀 다르긴 합니다. 아무튼 돈 문
제가 있긴 하지만, 그게 다는 아니라는 거죠. 다시 말씀
드리지만 누군가는 이 일을 해야 했어요."

"지금도 이 일을 계속하시는 이유는 뭐죠?"

"돈이죠. 청색 비중을 올리느라 컨설팅을 받는 중이

거든요."

"디코럼 컨설팅은 무료인데요."

"거긴 안 써요. 껄끄러워서. 아무튼 대충 읊어보자면 아이티의 상수도 인프라 개선을 위해 기부하고 국내에서는 소외된 사람들에게 법률적 자문을 제공하라더군요. 컨설팅 비용도 비용이고, 저걸 다 하려면 돈이 많이 듭니다. 무료 법률 자문도 사실은 다 비용이라고 봐야 하죠. 보이지 않는 비용요. 그리고 심리 상담이랑 자동차 할부금… 작년에 새 차를 뽑았거든요."

나는 O의 태도에 대해 고민해봤고, 조심스레 질문을 던졌다.

"그나저나 선생님의 수레바퀴가 커리어랑은 관련이 없을 수도 있지 않나요? 물론 전과는 없으시겠지만, 삶이라는 게…."

"내가 범죄자처럼 보여요?"

"반드시 그렇다는 건 아니지만 다양한 가능성을 고려해보자는 거죠. 제가 뭘 알겠습니까?"

"이런 게 싫다는 겁니다!"

협회 통계에 따르면 97퍼센트의 변호사가 수레바퀴 때문에 업무상의 불편을 느낀다. 사건을 수임해도 괜찮은지, 어떤 식으로 변호해야 하는지를 더욱 깊이 고민해야 할 뿐만 아니라 의뢰인들의 태도 역시 곤혹스럽다는 것이다. O는 물론 97퍼센트에 속할 것이고, 나는 저 질문을 끝으로 쫓겨났다. 너무 경솔했던 모양이다.

나는 일단 엘리베이터를 타고 내려온 다음 사무소가 위치한 빌딩 앞에서 O에게 전화를 걸었다. 직전의 인터뷰를 원고에 옮겨도 되는지를 묻기 위해서였다. 다행히도 O는 나를 차단하지 않았다. 나는 퉁명스러운 이용 허락에 감사를 느끼면서 변호사의 37퍼센트가 안티휠 Anti-wheel이라는 설문 조사 결과를 상기했다.

참고로 한국인의 23퍼센트가 안티휠이며 법조계의 타 직군과 비교할 경우 판사는 21퍼센트, 검사는 28퍼센트만이 안티휠이다. 변호사의 압도적인 안티휠 비율은 업무의 내용은 물론이고 서비스 직군으로서의 특성과도 연관된 것처럼 보인다. 37퍼센트의 변호사들은 아마도 수레바퀴의 요구 조건을 모두 신경 쓰기보다는 그저 무시함으로써 평안을 얻기로 결단한 이들일 것이다.

(그렇다면 판사들은 수레바퀴 너머의 판단자에게 이입하고 있는 걸까? 조사에 따르면 그렇다.)

믿거나 믿지 않을 이유들

안티휠은 수레바퀴에 대한 통념을 거부하는 입장으로, 크게 세 유형으로 나뉜다.

첫째 유형은 사후 세계에 대한 믿음이 섣부르다고 보는 회의주의자들이다. 가짜 CCTV가 우범률을 줄이는 효과가 있는 것처럼 이미지는 곧잘 본질에 앞선다. 비록 머리 위의 원판이 모종의 도덕을 전제할지라도, 악인은 캄캄한 어둠에 빨려 들어가고 선인은 빛에 거두어질지라도, 그것이 정말로 사후 세계와 이어진다는 보장이 없다는 것이다. 몇몇 종교 분파는 이것은 인류에 대한 경고장일 뿐이며 진정한 분류 작업은 죽은 뒤에 다시 이루어진다고 주장하는데, 다른 유형의 안티휠은 완전히 무시하는 사람들조차 여기에서만큼은 위안을 얻는다. 룰렛을 다시 돌려볼 기회도 없이, 단 한 번의 시도만으로 천국과 지옥이 결정되는 세계는 너무 가혹하기 때문일 것이다. 결국 이들은 한 발짝 물러나 다른 가능성을 상상하고 판단을 유보하려는 사람들이고, 주류 사회에도 무난하게 받아들여지는 편이다.

반면 둘째 유형은 강경한 정치적 입장으로서, 수레바퀴가 상호 감시와 전체주의적 억압을 불러온다고 본다. 공포를 통해 인류를 통제하려는 시도는 그 자체로 악하다는 것이 이들의 주장이다. 수레바퀴가 개인의 전적인 자유보다는 복지와 분배를 앞세운다는 점에서 이 유형의 안티휠은 우파로 분류되며, 실제로 대부분은 자유지상주의를 비롯한 보수주의 이념을 기반으로 삼는다. 이들은 보수주의 진영에 남기로 결정한 사람들에게는 열렬한 응원을 받고 있다(수레바퀴가 나타난 후로 보수 정치는 와해에 가까운 타격을 입었다).

그리고 셋째 유형은 수레바퀴 사태가 집단적 환각이거나 인공적인 허상이라고 주장한다. 수레바퀴는 중요하지 않으며 그 뒤편의 존재에 주목해야 한다는 것이다. 지금 당장 벌어지고 있는 일들을 외면하고 완벽한 부정론을 펼칠 수 있다는 사실이 이상하게 느껴지기도 하지만, 과거를 돌아보면 이러한 반응 또한 인류사의 지당한 일부임을 납득할 것이다.

COVID-19에 걸려 죽어가면서도 COVID-19는 제약 회사의 거짓말에 불과하다고 주장하는 사람들, NASA가 달 착륙 영상을 조작했다고 믿는 사람들, 비행기를 타고서도 지구 평면설을 고수하는 사람들. 맞다, 음모론자들이다. 음모론의 확장성은 마블 유니버스[7] 이상이다. 바깥에서 보기엔 허무맹랑하지만 그들의 세계에서는 한없이 진실인 이야기들이 뒤섞이고 또 경합한다. 나노칩, 백신 부작용, 프리메이슨, 렙틸리언 가설,[8] 유태국제자본, 일루미나티, 세계비밀정부, 그리고 수레바퀴.

렙틸리언에게 조종당하는 세계비밀정부가 백신에 삽입된 나노칩을 통해 수레바퀴를 불러냈는데, 이 수레바퀴는 사실 마이크로소프트에서 제작한 프로그램이라고 말하면 믿겠는가? 어떤 사람들은 실제로 그렇게 믿으며, 그들에게 원판의 청색 비중은 문제조차 아니다. 그건 그냥 프로그래밍된 수치에 불과하기 때문이다.

첫째 유형이 가장 많고, 둘째 유형이 그다음이고, 셋째 유형은 설문 조사에 감지되지 않을 만큼 적다. 이 셋을 모두 합쳐야만 23퍼센트의 안티휠이 나온다. 나머지 77퍼센트는 **실용주의자**다.

대부분의 사람들에게는 확고한 정견이 없으며, 자본주의의 부역자들은 집과 자가용과 안락한 노후를 위해 돈을 벌었다. 그렇다면 진정한 정의가 무엇이든 간에 안락한 사후를 위해 청색 영역을 신경 쓰는 것도 당연하다. 한편 전 세계적인 평등을 이루고 탄소를 감축하라는 요구는 양심적으로 거부할 이유가 없어 보인다. 욕심과 양심이 같은 방향을 가리킨다면 무엇이 더 필요할까?

우리는 좋은 의도만으로는 좋은 결과가 나오지 않는다는 사실을 안다. 그건 강을 사이에 두고 반대편 땅을 도착점으로 삼는 것과 같은 일이라서, 직선으로 걸어갔다가는 급류에 휩쓸리기 마련이다. 여기에서 징검다리 역할을 해주는 것은 명확한 이해와 판단, 그리고 구체적인 계획이다. 아이티의 식량 자급에 기여할 것인가, 나이지리아 시골의 인프라 개선에 기여할 것인가? 활동가로서 현장에서 일할 것인가, 기존의 삶을 지속하면서 물질적 원조만을 제공할 것인가? 현장에서 일하고자 한다면 그러한 선택은 내 삶에 장기적으로 어떤 영향을 끼칠 것인가?

이러한 숙고는 생각에 잠길 시간과 상상력, 그리고 충분한 정보를 요구하며 그 자체로 전문성을 지닌 작업이기도 하다. 옛 시대의 왕들은 참모와 책사에게 묵상을 맡겼다. 대기업은 맥킨지와 같은 회사들에게 산업의 방향을 물었다. 학부모들은 아이들을 대학에 보내기 위해 입시 전문가를 찾았다. 그리고 천국의 열쇠를 구하려는 사람들은, 디코럼으로 간다.

디코럼. 가장 유명한 다국적 수레바퀴 컨설팅 회사의 이름이다.

디코럼: 천국을 맞춤가에 판매합니다

강남역 1번 출구로 나온 뒤 테헤란로를 따라 걷기 시작했다. 자가용과, 택시와, 배달용 오토바이로 인해 상습적으로 정체되던 10차선 도로는 이제 버스들의 점령지로 변해 있었다. 자발적인 탄소 감축의 결과였다. 자가용의 편리함을 포기하지 못한 사람도 종종 보였지만 결코 많은 수는 아니었다.

도로가 한산해지고 나니 아스팔트의 갈라진 부분들이 시야에 들어왔고, 나는 강물이 멎고 마른 흙바닥이 드러나는 모습을 연상했다. 압도적인 교통량으로 나타나던 자본주의의 숨 가쁨은 유례없는 가뭄을 맞고 있었다. 영업 중인 가게들도 예전만큼의 열의가 없는 상태였다. 여기에서 수레바퀴 이전의 찬란함을 간직한 것은 햇빛을 반사하는 사무용 빌딩들뿐인 듯했다.

커튼월 공법으로 지어진 사무용 빌딩은 가장 창의적인 방식으로 창의성의 부재를 표현한다. 문외한이 보기에는 모든 건물이 똑같아 보이지만 그럼에도 분명히 다른 구석이 있다. 태양광 차단 코팅으로 인해 청색을 띠는 유리판은 회색조의 시멘트와 함께 조립되어 거대한 직육면체를 이루는데, 조립되었다는 말은 비유나 과장이 아니다. 실제로 이러한 건축물은 규격화 패널로 만들어지기 때문이다.

7월, 오후 한 시. 햇빛이 우수수 쏟아졌고 가장 거대한 공산품들은 도로 양옆에서 변함없는 광채를 뿜어내고 있었다. 나는 건물 안쪽에는 빛이 얼마나 남아 있을까 궁금해하면서 그중 하나를 향해 걸어 들어갔다. 디코럼 한국 법인의 본사 소재지였다.

"디코럼Decorum을 한국어로 옮기자면 적정률適正率입니다. 등장인물의 행동이 상황과 신분에 어울리는 것을 일컫는 문학 용어죠. 원래는 로마 시대의 예법에서 나온 말이고요."

디코럼 한국 법인 대표 F의 말이다.

"우리는 각자의 적정률을 찾아줍니다."

디코럼의 전문가들은 수레바퀴의 요구 사항을 개인적 품성이 아니라 책무의 문제로 본다. 이상적인 행동 양식이란 허상이고 각자의 직분과 영향력에 따른 목표가 있다는 것이다. 이러한 가설은 학계에서 큰 지지를 받고 있으며 직관적으로도 이해하기 쉽다. 국회의원은 부채 탕감안이나 슬럼가 구제를 위한 특별법에 찬성표를 던질 수 있는 자리지만 청소부는 그렇지 않다. 선량함만으로도 충분한 자리와 그 이상의 실천이 필요한 자리가 나뉘는 셈이다.

"직접 볼 수 있는 것은 수레바퀴의 비율뿐이지만, 그게 전부라고 믿어서는 안 됩니다. 별도의 채점표가 존재한다는 게 중론이죠. 수억 개의 도전 과제가 지구를 뒤덮고 있다고 상상해봅시다. 어떤 도전 과제는 한 명의 힘으로도 충분히 해낼 수 있는 것입니다. 타인을 함부로 대하지 않고 내게 충분한 것을 기꺼이 나누려는 태도 말이죠. 이게 보통 사람들의 평균치인 65퍼센트를 이룬다고 생각합니다. 반면 나머지 35퍼센트는 복잡하고 구체적인 요구 사항으로 이루어져 있습니다. 평범한 사람은 그중에서 비교적 쉬운 것들을 가지겠지만 정치인이나 기업가에게는 더욱 어렵고 많은 도전 과제가 주어집니다."

디코럼이 주의를 기울이는 부분은 35퍼센트, 그중에서도 전 지구적 불평등과 환경 문제로 수레바퀴가 던지는 난제 중에서 가장 까다로운 것이다. 둘은 긴밀히

얽혀 있을 뿐만 아니라 전가의 방식으로도 작용하기 때문이다.

전기차가 경유 승용차의 친환경적인 대안으로 제시되었다는 사실을 떠올려보자. 전기차는 실제로 더 적은 이산화탄소를 배출한다. 하지만 생산과정마저 정의로운 것은 아니다.

전기차의 리튬 이온 배터리는 양극재로 LCO(리튬·코발트·옥사이드) 혹은 NCM(니켈·코발트·망간)을 사용한다. 리튬은 대량으로 퍼 올린 지하수에서 해당 광물을 추출하여 생산되는데, 이러한 채굴 방식은 환경을 훼손할 뿐만 아니라 주변 농작지에도 악영향을 끼친다.

뿐만 아니라 리튬의 주요 산지는 칠레와 페루 같은 남미 국가들이다. 선진국의 땅은 환경오염과 정화에 대한 비용을 지불하기에는 너무 비싼 반면, 남미의 개발업자들은 군·경과 결탁해 약탈적 채굴에 반대하는 환경운동가를 매달아 죽일 수 있기 때문이다. 결국 전기차는 희토류 채굴로 인한 환경오염을 제3세계에 떠넘기는 동안만 온전히 친환경적인 셈이다.

한편 전 세계 코발트의 60퍼센트는 콩고민주공화국에서 생산된다. 대다수의 코발트 광산에서는 아동 노동과 착취가 만연하며, 해당 산업은 무장 반군과도 깊이 관련되어 있다. 그럼에도 불구하고 유럽연합은 2017년 6월에 발효된 '갈등 유발 광물에 대한 조치'에서 코발트를 누락시켰다. ESG와 친환경의 물결이 유럽을 휩쓸던 시기였다.

유럽연합의 정치인들은 무슨 생각으로 그런 결정을 내렸을까? 분쟁과 아동 착취는 아프리카 대륙 전역에 만연해 있으므로 문제조차 아니라고 여겼을지도 모르고, 그런 사정들이야 안타깝지만 탄소 감축이 더욱 중요하다고 판단했는지도 모른다. 적극적인 관심을 가지는 순간 코발트 가격은 무지막지한 수준으로 치솟을 게 분명하기 때문이다.

결국 수레바퀴 이전의 세계는 '쓰레기를 침대 아래 숨긴 다음 방을 정리했다고 믿는' 식으로 운영되었고, 이 믿음의 유일한 보증서는 기술 발전과 가속주의에 기댄 낙관론이었다. **지금은 아니지만 언젠가는** 더욱 뛰어난 기술이 나타나 환경오염과 기후위기와 불평등을 한꺼번에 해결해주리라는 것이다. 그러나 낙관은 미래의 자신을 초월적인 구원자로 간주한다는 점에서 종교보다도 더 종교 같은 것이며, 1950년대 이래로 기술 발전은 위기를 향해 돌진하고 있다.[9] 양극화가 심화되었음은 말할 필요도 없다.

다행히도 2022년도 하반기에는 캘리포니아에 위치한 국립점화시설NIF에서 관성 가둠 핵융합 점화에 성공했다는 소식이 있었다. 점화란 산출 에너지가 투입 에너지를 넘는 기점으로, 2.05MJ의 에너지를 이용해 3.15MJ의 에너지를 발생시킴으로써 핵융합 현실화의 첫 발짝을 내디딘 것이다. 온실가스도, 방사성 폐기물도 없는 청정에너지에 성큼 다가갔다니 축포를 터뜨릴 만한 일이다. 하지만 순전히 다행이기만 할까? 관성 가둠은 자기장 가둠 방식에 비해 규모 확장이 어렵다거나, 효율 측정 기준에 의문이 제기된다거나, 완전한 상용화까지는 갈 길이 멀다거나 하는 사실을 건너뛰더라도 안심하기는 어렵다.

제본스의 역설[10]이 지적한 것처럼, 세탁기와 청소기가 가사 부담을 획기적으로 줄일 것이란 전망과 달리 실제로는 가사의 기준을 높였던 것처럼, 에너지 효율이 높아질수록 전력 사용량이 더불어 증가하는 것처럼,[11] 발전과 혁신은 새로운 욕망을 빚어낸다. 그리고 이따금 욕망은 개선과 해결을 막는다.

"물론 기술 발전과 혁신은 중요합니다. 유용한 도구와 가능성들을 외면한 상태로 돌파구를 마련하겠다는 것은 일종의 오만일 겁니다. 하지만 획기적인 기술의 등장만으로 모든 문제가 해결되리라는 낙관론과는 거리를 둬야 합니다. 기술의 활용과 분배에는, 그리고 그것이 사회 전체와 조응하는 과정에서는 발전과는 다른 방식의 동역학이 작용합니다… 우리는 기술 예찬론자들이 욕망과 자유의 힘을 일부러 간과했다고 봅니다. 그 둘은 역사를 이끈 만큼 가능성을 없애왔습니다. 예컨대 태양광판의 재료는 9할가량이 규소나 유리처럼 재활용이 쉬운 물질입니다. 분리가 쉬운 데다가 기술도 충분하죠. 그런데도 여러 국가에서 재활용이 원활하지 않았던 이유는, 단가 때문입니다. 의무화 정책이나 보조금이 뒷받침되는 게 아니라면, 재활용을 할 바에는 단순히 폐기 처리하는 게 수익 면에서는 월등했습니다.[12] 경제성이 없는 방식, 시장에 내보낼 수 없는 방식은 사실상 존재하지 않는 방식이었던 셈이죠. 인류는 욕망만큼의 기회를 잃어버린 겁니다."

F의 말대로 시장이 상품에 매기는 가격은 생산자와 소비자의 균형에 따라 결정된다. 인류의 미래는 몰디

브 여행보다 덜 매력적인 상품이며, 불평등을 해소하고 환경에 정당한 값을 치르려는 시도는 필연적으로 가격 상승을 불러온다. 기업가들은 시장의 논리를 따라 투자와 생산을 결정한다… 진정한 정의는 시장에서 거래되기에는 너무 값비싼 것이었고, 생산자와 소비자들은 그 점을 극복하는 대신 수용했다. 정의가 비매품이라면, 사지 않으면 그만인 것이다(그리고 정의처럼 보이는 대체품은 수없이 널려 있다).

이러한 사실들을 어떻게 이해하면 좋을까? 개별적 합리성이 집단적 비합리성으로 이어진다는 홉스적 입장을 인용할 수도 있겠지만, 보편론을 뛰어넘어 경제성의 함정을 해설하기 위해서는 숨은 대전제 하나를 수면으로 끌어낼 필요가 있다. 바로 매 순간 합리적인 선택을 통해 자기 이익을 극대화하려는 인간 유형, 즉 호모 에코노미쿠스Homo economicus를 인간의 전형으로 간주하는 세계관이다. 이러한 세계관하에서는 경제성을, 더 많은 풍요를, 성장과 발전을 다른 가치에 앞세우는 것이 그 자체로 합리적이며 합당한 일이 된다.

이와 같은 인식은 너무나도 당연해졌기 때문에 다른 사고방식은 그 자체로 비합리적인 것처럼 여겨진다.

세계는 이렇게 바뀐다

하지만 20세기 초까지만 해도 자본주의적 합리성은 전통주의에 기반한 세계관과 치열한 대치를 이뤘고, 그 이전에는 사회적 필요성에 의해 존재가 용인되었을 뿐이지 도덕적으로는 비난받을 만한 태도로 간주되었다. '이익을 위해서'로 시작되는 논변은 종착지가 될 수 없었던 것이다.

직관적으로 보기에도 돈과 성장이 최종적인 목표일 수 없다는 사실은 명백해 보인다. 지구 저편에서는 아이들이 굶주리는데 여기에서는 과잉 생산된 곡물을 불태운다면, 그래야만 시세가 유지되고 곡물 기업들의 타격을 줄일 수 있다면, 무엇을 위해 성장하는가?

"맥킨지와 같은 회사들이 시장 동향과 경쟁력에 대해 컨설팅을 시도했다면, 우리는 그 반대라고 볼 수 있습니다. 국제 정세와 다양한 물리적 여건을 분석해서, 개선 방안을 제시하는 겁니다. 협의체와 중재 기구에도 자문을 제공하고 있죠."

F는 그렇게 말하면서 디코럼의 공식 홍보 자료를 보여주었다. 거기에는 축산업 전반에 대한 컨설팅 내용이 예시로 나타나 있었다. 축산업이 온실가스 배출의 주요인이라는 데에는 의심의 여지가 없을지라도, 하루아

침에 소를 모두 도축하고 사육장을 폐쇄해버릴 수 있는 것은 아니다. 기후와 환경과 생태와 자본이 얽힌 퍼즐의 해설서는 너무나도 복잡한 탓에 실현 가능성을 묻게 만들 지경이지만, 이게 최선이라는 것 또한 알 수 있다. 시간이 촉박한 반면 '다시 하기 버튼'은 없는 게 문제일 뿐이다.

그런데 한편으로는 솔루션이 개개인의 일상과는 동떨어져 있다는 생각도 든다.

나는 조심스레 질문을 꺼냈다.

"디코럼은 개인 컨설팅도 진행하고 있는 것으로 아는데요, 시민 각자의 책임에 대해서도 한 말씀 부탁드리겠습니다. 오늘도 강남역에서 내린 다음 여기까지 걸어오는데 도로에 자가용이 많이 줄었더군요. 이런 소소한 실천들이 모여서…."

"80억 명이 모인 야구장을 상상해봅시다. 선발투수가 있으면 불펜에서 대기하는 계투가 있고, 코치가 있고, 아나운서와 매점 직원과 청소부와 관중들이 있을 겁니다. 경기를 성황리에 마치기 위해서는 모두의 협조가 필요하지만 협조의 내용은 서로 다릅니다. 노력의 크기와 중요성도요. 관중들은 경기가 끔찍하다며 마운드에

맥주 캔을 던지거나 욕설을 내뱉지 않을 만큼은 절제력이 있어야 하지만, 한편으로는 그 절제력이 전부입니다. 나빠지는 삶을 받아들이는 태도라고 해야 할까요…."

디코럼 산하 연구소는 현대의 기술력과 단기적인 기술 발전 추이를 전제로, 전 지구적 재분배와 기후위기 대응이 완벽하게 이루어진다면 전 세계인은 20세기 유럽 정도의 생활수준을 유지할 수 있다고 본다. 이보다 풍요로운 삶은 사후 문제를 해결한 뒤에나 따져볼 일이다.

문명이 막 태동할 당시에는 지구가 지금보다 뜨거웠다는 점을 반론의 근거로 삼는 부류도 있지만[13] 그들은 당시의 지구에는 80억 명의 인구도, 현대적인 시스템도 없었다는 사실은 의도적으로 무시하는 것 같다.

해안가의 원시인들은 물이 밀려오면 다른 곳에 새로운 집을 지었다. 반면 마이애미 해안가의 별장들은 뜯어 옮길 수 없을 뿐만 아니라 부동산 대출로 묶여 있다. 플로리다의 세수가 상당 부분 재산세에서 나온다는 사실은 덤이다. 결국 해수면 상승은 은행의 재정 건전성과 지방정부의 세수와 산업 기반의 문제고(세계적인 물류 허브와 공업단지들이 해안가에 위치해 있다는 사실을 생각해보라), 제트기류의 변화로 인한 가뭄은 식량난과 인플레이션으로 이어진다.

옛사람들은 이런 상황을 어떻게 돌파했을까? 그들은 집 둘레에 경호를 세운 다음 가난한 자들이 굶어 죽도록 내버려뒀고, 가난한 자들은 무장봉기를 일으켰다. 수레바퀴는 우리에게 그러지 말라고 말하는 중이다. 남은 선택지는 21세기를 연착륙시켜서 20세기로 되돌려 보낸 다음, 그 지점에서부터 다시 미래를 설계해나가는 합동 경기뿐이다. 아주 복잡한 합동 경기다.

석유가 이산화탄소 배출의 주범일지라도 당장 내일부터 석유 사용을 중단하면 사회가 무너질 테고, 송전 효율을 극대화하는 신기술이 등장하더라도 기존의 인프라를 대체하려면 시간이 오래 걸린다. 세상에 뿌리내린 것들은 쉽게 변하지 않지만 수레바퀴의 시간은 멈춤 없이 흐른다.

따라서 폐기되는 우유로 재생섬유를 만든다거나 에코백을 쓰는 실천만으로는 충분하지 않다. 지금 당장 덜 만들고 덜 써야 한다. 최종적으로는 우리에게 익숙한 모든 것을, 선진국 시민으로서 누리는 모든 과잉을 없애거나 멀리해야 한다. **모든 과잉은 일회용 컵 이상이다. 생수, 자가용, 여행, 오락용 영상물과 SNS 게시글로

가득한 데이터센터, 5억 대의 아폴로 11호를 달까지 보낼 수 있는 컴퓨터,[14] 전기가 통하는 모든 물건과 공간에 LED 조명을 붙이려는 경향, 물류 배송 체계, 다양한 옷과 음식.

그러니까 F의 말을 솔직한 형태로 바꿔보자. 정치인과 기업가들이 소고기 공급을 전면적으로 중단할 경우, 선진국 시민이 할 수 있는 일은 충분히 정의로운 배양육이 대중화되기를 기다리는 것뿐이다. 지금 당장 이루어지는 실천들, 즉 자가용을 멈추고 일회용품을 꺼리는 일조차도 절제력의 일부에 불과하다.

절제력은 명백히 중요하다. 하지만 정계와 재계가 서로 다른 두 팀이 되어서 공을 주거니 받거니 하는 작업이 그 위에 있다. 자발적 기업 책임제CSR, 협의체 구성, 지침 제정, 법안 발의, 행정명령, 국가종합계획 수립. 시위대의 의견을 경청할지라도 결국에는 닫힌 문 너머에서 도장이 찍히는 과업들.

"너무 엘리트 중심적인 관점이 아닐까요? 현장에서 조직을 꾸리고 운영하는 사람들이 있어야 서류에도 의미가 생긴다고 보는데요. 실제로 대부분의 사안은 정부와 민간이, 그러니까 기업 외에도 시민단체나 NGO 등과 협의체를 구성해서 진행하고 있고요."

"우리도 그 사실을 부정하진 않아요. 애당초 그런 단체들은 관중석이 아니라 타석에 서 있으니까요. 하지만 요점은 이 사회가 작동하는 방식이고 직분입니다. 총선마다 누군가는 국회의사당에서 쫓겨나고 누군가는 배지를 받지만 선거구 자체는 그 자리에 그대로 있습니다. 국회의원이 할 수 있는 일에도 변함이 없습니다. 인간이 교체될 뿐입니다."

나는 잠시 생각하다가 F의 말을 정리했다.

"평범한 회사원과, 시민단체 활동가와, 정치인의 역할이 서로 다르다는 말씀이시군요. 누가 그 역할을 맡고 있든 간에."

"우리는 인간에게 조언하는 동시에 그 직분에 조언합니다. 직분이 바뀔 가능성을 항상 열어두고요. 엘리트주의와는 다르죠."

디코럼의 개인 컨설팅은 사실상 무료이며, 핵심적인 수익원은 정치인 사무실과 기업을 비롯한 각종 단체다. 소프트웨어 회사들이 개인용을 무료로 배포하고 단체용에 비싼 가격을 매기는 것과 비슷한 방식이다.

물론 '서비스가 공짜라면 바로 당신이 상품이다'라

는 격언처럼 디코럼의 컨설팅에는 보이지 않는 비용이 숨어 있다. 고객 데이터는 당연하게도 산하 연구소의 분석 대상이며, 개인 컨설팅 내용이 기관들의 요구 사항을 반영한다는 의혹 또한 있다. 상실을 받아들이도록 적극적으로 유도하는 것이다.

'디코럼은 당신을 자발적으로 준비시킨다.' 디코럼이 출범한 것은 수레바퀴가 나타나고서 5개월이 흐른 시점이었다. 체계적인 다국적 컨설팅 회사가 이토록 빠르게 준비된 데에는 외부적인 요인이 있을 듯하다.

디코럼. 혹은 적정률. 나는 그 단어를 곱씹으며 소파 뒤편을 힐끔 돌아보았다. 암회색 카펫 타일이 검소함을 가장한 미니멀리즘 인테리어를 완성하고 있었다. 음울해지기 쉬운 공간에 미묘한 생기를 부여하는 주홍색 전등. 횔데브 사무실과는 완전히 다른 분위기였다.

F가 굴지의 컨설팅 회사들에서 경력을 쌓았고 모 대기업 그룹의 전략연구소 소장을 역임했다는 사실이 이어 떠올랐다. 임원 중에서 시민단체 출신 인사는 손에 꼽을 만큼 적고, 디코럼이라는 회사를 규정하는 키워드에는 윤리학이나 정의가 없다. 국제정치, 지정학, 정책, 경제, 게임 이론과 최적화. 그런 것들뿐이다. 의혹을 뒷

받침하는 증거는 아직 부족하지만, 수레바퀴 컨설팅의 방점이 '수레바퀴'보다는 '컨설팅'에 찍혀 있다는 것만큼은 분명해 보인다. 나는 그 부분을 넌지시 지적했다.

"그나저나 디코럼은 수레바퀴 컨설팅 회사 중에서도 유별나게 세속적이라는 평가가 있던데요."

"65퍼센트는 심리 상담사와 철학 강의가 해줄 수 있는 일입니다. 35퍼센트에 주목하는 게 훨씬 효율적이죠. 그리고 개인용 컨설팅도 허투루 하진 않습니다."

"수익 모델이 말이죠, 아이러니컬한 면이 있다는 생각이 들어서 말입니다. 결국 이런 방향으로 가면 기업체들은 거의 죽을 테고, 돈도 사실상 의미가 없어질 거라는 게…."

"방금 전에, 내가 국가종합계획 수립 이야기를 했지요. 전후 체제로 돌아가는 셈이에요. 혹은 레닌식 전시 공산주의warcommunism의 재림일 수도 있고요. 그러니까 뭐라 부르든 간에 이 야구경기는 결국엔 국가가 이기게 되어 있습니다. 하지만 9회 초까지는 기업들도 마운드에서 뜁니다. 기업들이 여전히 상대팀으로 남아 있다는 거죠."

"음, 그러니까, 그건 충분히 동의가 됩니다. 그런데

어차피 기업이 지는 게임이라면, 디코럼이 기업 형태일 필요가 있나 싶어 드리는 질문이에요. '자비의 개발자 재단' 같은 곳은 자율 후원으로만 운영되니까요."

디코럼은 자율 후원으로 운영되는 비영리 재단일 수도 있었다. 똑같은 수익 사업일지라도, 개인 고객에게 요금을 받을 수도 있었다. 녹취를 다시 들으면서(그리고 이 대목을 쓰면서) 되짚어보건대, 나는 디코럼이 하필이면 지금의 형태를 취한 이유를 묻고 싶었던 것 같다. 의혹에 대한 공식적인 입장을 들으려는 마음도 있었을 것이다.

그러나 F의 대답은 내 의도와는 조금 엇나간 곳을 짚었다.

"오늘도 정부는 세금을 걷고, 회사는 물건을 팔아 매출을 올리고, 사람들은 돈으로 기부를 합니다. 수레바퀴가 나타났는데도 여전히 그렇습니다. 이유가 뭐라고 생각하십니까?"

"다른 방법이 떠오르지 않으니까요?"

"돈은 욕망의 공용어고, 자본주의는 그 언어의 문법입니다. 바라는 게 있는 사람은 돈을 쓰고, 돈을 바라는 사람은 시키는 일을 합니다. 필요한 물건이 필요한 사람에게로 갑니다. 이런 순환이 무한히 반복되면서 기존의 언어로는 가닿지 못할 합의에 이릅니다. 80억 명을 한 자리에 모아놓고 토의를 진행하면 영원히 끝나지 않겠지만, 돈은 어떻게든 결론을 내준다는 겁니다. 아주 빠르게요. 결국 돈이 쓸모를 잃으려면 우선 욕망의 한계가 줄어들어야 합니다. 디코럼은 그런 역학을 최대한 이용하는 것뿐입니다. 좋은 인재와 귀한 정보는 아직도 비싼 값에 팔리고, 후원금만으로는 부족합니다."

"쉽게 정리하자면… 아직은 세상 살기가 좋으니까 돈에도 힘이 남아 있다는 거군요. 20세기로 돌아가면, 욕망을 품을 여지가 사라지면 그만큼 시장의 이점이 줄어들겠고 말입니다. 그전까지는 수익 사업인 편이 낫다, 디코럼도 여러 가지로 돈을 써야 하니까, 맞나요? 일종의 폭탄 돌리기처럼 들리는데요."

F는 피식 웃었다.

"급진적이시군요. 적당히 생각하시는 편이 좋겠습니다."

F의 반응과 별개로, 내 해석이 틀린 것 같지는 않다. 소련과 같은 계획경제 체제에서 가격과 행위에 대한 판단은 행정가들의 몫이었다. 관료는 인간이므로 종종

잘못된 생각을 품거나, 정보와 상상력에 한계가 있거나, 뒤늦게 반응한다. 부적절한 사람이 행정 업무를 맡기도 한다. 반면 하이에크와 같은 자유주의 경제학자들이 말했다시피 시장의 가장 큰 권능은 그런 결정을 즉석에서 내린다는 데에서 온다. 종착지가 시장의 죽음일지라도, 그곳으로 향하는 가장 빠른 방법은 시장이다. 기업들이 믿기로는 그렇다.

나는 의혹에 대해서는 자세히 묻지 않기로 했다. 만약 디코럼의 개인 컨설팅에 기관의 음모가 섞여 있을지라도, 그건 예정된 결말로 향하는 과정일 뿐이다. 더 큰 아이러니가 있다.

만약 우리가 빚을 갚지 않는다면

제국을 거느리는 기업가들이 즉각적인 행동에 나선 이유는, 그들이 땅에 돈을 쌓은 채 죽어가고 있기 때문이다. 대부분은 늙었으며 치열한 권태에 시달리고 있다. 영원한 성장이란 공허한 수사학에 불과하다. 사람이 누릴 수 있는 것은 시작과 끝이지 영원이 아니기 때문이다. 시장 점유율과 이익률을 높여야 한다, 2나노 반도체를 양산해야 한다, 수율을 확보해야 한다, 누군가는 살아남고 누군가는 도태된다… 그리고? 그 끝에는 뭐가 있지? 죽음?

청색 비중이 아무리 낮을지라도, 죽음 이후가 존재한다는 확신은 기업가들에게 축복이었다. 삶의 역동성이라는 면에서도 그렇다. 수십 년간 지겹게 해온 생존게임에 새로운 룰이 추가되었다고 생각해보라. 젠가 블럭을 쌓던 시절은 끝났다. 이제는 수익성과 지속가능성을 고려하면서 블럭을 하나씩 빼내야 하는데, 너무 급하게 몸집을 줄였다가는 제국이 한순간에 무너지고 만다. 따라서 대기업이 휠데브를 인수하고 탈탄소 분야에 투자하는 것처럼, 쌓아야 할 때는 쌓아야 한다. 2보 후퇴를 위한 1보 전진인 셈이다.

지분 구조도 고려할 만한 요소다. 어떤 오너들은 기묘한 방법으로 그룹 전체를 지배하고 있기 때문에, 자칫 잘못했다가는 가족이나 측근에게 회사를 빼앗길 위험이 있다. 천국에 갈 방법을 잃어버리고 게임에서도 쫓겨나는 것이다. 그리고 기업가들은 이런 위험을 내심 즐긴다. 그럴 만큼 사납지 않은 사람이 사업에 왜 뛰어들겠는가?

반면 금융가 집단은 처지가 완전히 다르다. 기업가

는 실제로 만질 수 있는 것들을 다루는 반면 그들이 선 땅은 금융이라는 추상抽象임을 생각해보라. 신용 체계와 통화제도가, 더 나아가 자본주의의 원리 자체가 흔들리고 있다. 이 점에서 은행과 채권 투자자들에게 지난 1년은 악몽에 가까웠다. 더러운 빚과 약탈적 대출이 전 세계적인 쟁점으로 부각됐기 때문이다. 자산이, 갖가지 투자 상품이 공중분해되고 있다.[15]

차입, 융자, 채무, 부채, 대출, 대부. 무엇이라 부르든 간에 돈을 빌리고 빌려주는 관계는 경제의 핵심이었다. 대출은 유동성을 공급하고 도전자들에게 기회를 줬다. 현재를 버티지 못할 사람들에게 미래를 선물하는 것 또한 대출이었다. 그러나 채권자와 채무자의 관계가 언제나 합당했던 것 같지는 않다. 뉴욕대학교 사회문화연구대학 교수인 앤드루 로스가 지적한 것처럼 필수적인 사회재를 부채로 조달하게끔 하는 경제는 비도덕적이다.[16] 취직을 위해 대학에 가야 하며, 대학에 가기 위해 학자금 대출을 받아야 하는 상황이 그 일례다.

더 나아가 신용 등급 체계와 대출 그 자체에 대해서도 고민해볼 필요가 있다. 빈곤한 자영업자가 2금융권에서 15퍼센트가량의 이율로 돈을 빌릴 때 자산가는 1금융권에서 4퍼센트의 이율을 누린다는 사실이 단적인 예가 될 것이다. 두 가지 관점이 있다. 채권자의 편에 서서 채무불이행의 위험을 논하거나, 빈자가 더욱 큰 부담을 감내해야 하는 상황이 부당하다고 말하거나. 수레바퀴의 입장은 후자다.

한편 국가 간의 채무에 대해서라면, 약탈적 대출은 그 자체로 역사의 문제가 된다. 부르키나파소 대통령이었던 토마 상카라의 1987년 7월 연설을 돌이켜보자.[17]

"부채는 식민주의로부터 시작되었다. 우리가 빚진 자들은 우리를 식민화한 자들이다. 그들은 대부업자들을 불러와 아프리카를 부채로 옭아맸으며 우리 국가와 경제를 조종했다. 우리는 이 부채와 아무런 관련이 없으므로 갚을 이유도 없다. (…) 갚지 않을 이유는 명백하다. 갚지 않더라도 대부업자들은 계속 살아갈 것이기 때문이다. 만약 갚는다면, 우리는 살아갈 수 없기 때문이다."

제3세계 외채 탕감을 위한 위원회CADTM의 2001년 계산에 따르면, "1980년에 진 1달러의 빚을 갚기 위해 개발도상국들이 7.5달러를 지불했으며 아직도 4달러의 빚을 안고 있다".[18] 그러나 이러한 문제 제기는 수레바퀴가 나타나기 전까지는 눈엣가시에 불과했다. 1987년

10월, 토마 상카라는 CIA에 의해 축출되고 사형당했다. 콩고의 초대 수상이었던 패트리스 루뭄바 또한 비슷한 결말을 맞이했다.

이제야 세계가 그들의 목소리에 귀 기울이고 있다. 너무 늦게 도착한 정의일까, 아니면 사필귀정일까? 금융권 종사자의 입장을 들어본다.

"역사든 국제정치든 도대체 알 게 뭡니까?"

B 자산운용사 글로벌운용팀 팀장의 말이다. 현재 각종 금융기관은 특정 펀드 전액 손실로 인한 줄소송에 휘말려 있다. 채권팀 자체 손실 또한 처참한 수준이다.

"백인들이 아프리카 식민지를 착취했다, 남미를 착취했다, 맞습니다. 제국주의는 나쁘죠. 그런데 그쪽도 아시겠지만 한국은 100년 전까지만 해도 식민지였어요. 학교에서 배우셨잖아요. 일본 제국, 일제강점기, 3·1운동… 그러니까, 난 식민지 출신인데 왜 백인 때문에, 수십 년도 더 전에 죽은 인간들 때문에 같이 피해를 봐야 하냔 겁니다. 이해하시겠어요?"

팀장은 쏟아내듯 외친 다음 내 앞에서 신경안정제 두 알을 씹어 삼켰다. 그래야만 약효가 빨리 돈다는 것이 그의 입장이다.

"미안합니다. 가끔 신경질적이 돼서요. 아까 한 말은 헛소리니까 잊으세요. 아무튼 컨설팅 업계나 국책연구소로 도망간 사람들이 승리자였습니다. 협의체 자문위원들이랑, 교통정리 쪽으로 보직이 바뀐 사람들도. 아시겠지만 요새 기관들끼리 논의할 문제가 하도 많다 보니, 직렬 자체가 새로 생겼어요. 그 인간들은 철거업자가 된 거죠. 난 폐허를 청소하다가 폐허와 같이 철거될 운명이고요. 골프장을 사회에 환원한다, 신문사 연예부가 폐쇄된다 어쩐다 해도 내가 보기엔 여기가 첫 번째예요. 환경 투자 쪽도 안심할 수가 없고."

어떤 분야는 '철거'되지만, 거기에 있던 사람들은 재빨리 빠져나와 철거업자가 된다. 금융의 언어로 금융을 해체하는 것이 철거업자들의 몫이다. 채권자와 채무자의 관계는 둘만으로 끝나는 게 아니라 대량의 파생상품과 파생상품 기반 대출을 만들어내기 때문이다. 게다가 각국의 국가 연금이나 노후 대비용 펀드의 내역을 생각하면 채무 소각은 정의로운 지뢰밭처럼 보일 지경이다. 하지만 해야 한다.

그러니까, 기묘한 일이 벌어지고 있다. 자본주의를 해체하는 작업은 기업가들의 몫이 되었고, 금융제도를 해체하는 작업은 금융의 언어로 이루어진다. 모두가 돈이 중요하지 않은 시대를 예견하는 동시에 돈의 힘에 기댄다. 벗어나야 하지만 아직은 벗어날 수 없다. 만약 돈이 한순간에 사라진다면 세계는 엄청난 혼란에 휩싸일 것이다. 체제의 퇴락과 체제 없음에 대한 공포가 뒤섞인다. 과도기의 아이러니를 어떻게 이해해야 할까?

뜻밖에도 종교에서 답을 찾을 수 있을지 모른다.

종교, 윤리, 경제

종교는 인류 최대의 비즈니스거나 문명의 설계사였다—기독교적 세계관이 서양 역사철학의 시간관을 만들어냈다는 사실, 기독교의 핵심적인 가치가 자비와 사랑이라는 사실, 그러한 교리를 동력 삼아 세계 각국에서 자선사업이 진행되었다는 사실, 주빌리 2000[19]캠페인의 주역 또한 기독교였다는 사실. 한편으로는 중세의 교회가 돈을 받고 면벌부를 팔았다는 사실, 바티칸 교황청이 마피아의 탈세에 연루되었을 뿐만 아니라 헌금으로 고급 부동산에 투자했다가 2억 유로의 손실을 떠안았다는 사실,[20] 개신교 재단의 구호 사업은 복지보다는 선교에 중점을 두는 경향이 있다는 사실, 그래서 종교 강요와

학대가 일어나기도 한다는 사실.

　　이런 사실들은 서로 얼마나 분리될 수 있을까? 아무리 선하다 하더라도 종교의 영향력과 그 영향력에 힘입은 전횡이 무관하다고 말하긴 어렵다. 하지만 종교를 부패한 통치체로만 바라보는 관점은 얄팍한 냉소일 것이다. 종교를 받아들이는 방식은 복잡하다. 종교인을 향한 시선도 복잡하다. 종교인끼리의 갈등도 복잡하다.

　　다행히도 수레바퀴가 나타난 후로 이 문제는 꽤나 명쾌해졌다. 바티칸과 조계종에서는 정치적 대격동이 일어났다. 마이바흐를 굴리던 스타 목사들은 신도를 이끌고 안티휠로 전향했다. 수레바퀴의 목소리를 들었다고 주장하면서 한몫 잡아보려던 이들은 뚝뚝 떨어지는 청색 비중을 통해 심판당했다.[21] 그러는 동안 어떤 성직자들은 고결한 삶을 증명받았다. 땅의 권세를 바란 사람들과 아닌 사람들이 서로 갈라졌다. 물과 기름이 나뉘듯 종교의 양면이 분리된 것이다.

　　그렇다면 기도를 올리든 불경을 읊든, 규범윤리학 책을 성서로 삼든 간에 중요한 것은 행실이니까, 종교는 의미를 잃어버린 걸까? 반드시 그렇지만은 않다. 종교의 기원이 우리가 몸담은 세계를 이해하려는 노력이었음을 떠올려보자. 해가 뜨고 지는 신비, 해일이 몰아치는 신비, 화산이 폭발하는 신비, 계절이 바뀌는 신비, 생명이 잉태되었다가 죽음을 맞이하는 신비를 고대인의 시각으로 해석한 결과물이 바로 종교였다. 과학의 시대를 거쳐 영성의 시대가 되돌아왔다.

"그래, 사후 세계는 존재한다. 그런데 왜 이런 일이 일어난 거지? 왜 이런 방식이지?"

다행히도 수레바퀴는 자신을 이용하려는 사이비에는 준엄한 처벌을 내리지만 탐구심은 내버려둔다. 그것마저 틀어막을 수는 없다고 생각한 모양이다. 혹은 종교의 이미지에 편승하려는지도 모른다. 세계비밀정부의 음모와 하느님의 심판은 완전히 다른 인상으로 다가오기 때문이다. 진실이 무엇이든 간에 후자가 더 잘 팔리는 마케팅이고, 실용주의적 관점에서는 막을 이유가 없다.

비록 인류는 수레바퀴와 한 해 남짓한 시간을 보냈을 뿐이지만 수레바퀴에 대한 종교적 해석에는 수천 년의 전통이 깃들어 있다. 고대 이집트인들은 태양을 수레바퀴와 같은 형상으로 묘사했다. 힌두 경전인 바가바드기타는 세상의 이치를 바퀴의 운행에 비유하며, 비슈누가 손에 쥔 수다르사나सुदर्‌शनचक는 악을 멸함으로써 질서와 균형을 바로 세우는, 바퀴 형태의 무기다. 불교의 상징인 법륜은 부처의 가르침을 상징하는 동시에 생의 본질을 나타낸다.

덕분에 불교는 불교의 방식으로, 힌두는 힌두의 방식으로, 기독교는 기독교의 방식으로 수레바퀴를 해석하고 있다. 다만 여기에서는 기독교의 주류 입장을 다뤄보고자 한다. 돈과 수레바퀴의 관계에 대해서라면 성경의 해설이 가장 유력하게 받아들여지기 때문이다.

돈의 권세의 끝

디코럼 한국 법인 대표와의 인터뷰를 마치고 보름이 흐른 뒤, 나는 경기도의 작은 성당으로 향했다. 본채 뒤편에 붙은 탑 형태의 구조물을 제외하면 가톨릭 건축 특유의 양식미가 거의 드러나지 않는 건물이었다. 1층에만 창문이 나 있는 전면부와 적색 벽돌로만 마감된 외관은 소박하다기보다는 투박한 느낌을 줬다. 성당의 9대 주임신부이자 신학자이기도 한 B는 자신이 머무르는 건물을 닮은 남자였다.

"요새는 돈의 권세와 구원론을 연결시키는 작업에 매달리고 있습니다." B의 말이다. "성직자가 아니라 학자로서 밝히자면, 이 테마는 사실 아주 오래되었습니다. 제가 최초가 아니라는 말씀을 드리려는 겁니다. 다시금 정리할 필요성을 느끼고 있을 뿐입니다."

통념과 달리 경제와 윤리, 그리고 기독교 전통은 깊은 공통점으로 묶여 있다. 경제, 즉 이코노미Economy라는 단어가 그리스어 오이코노미아οἰκονομία에서 유래했다는 사실을 떠올려보라. 이는 집을 의미하는 오이코스οἶκος와 관리를 의미하는 노모스νομός의 합성어로서 국가와 가정의 재무를 관리하고 필요한 것이 온전히 분배되게끔 하는 책임이자 수행을 의미하며, 기독교 교리의 핵심적인 부분을 차지한다.

마찬가지로 공평한 분배의 문제는 경제의 문제이며 윤리학의 주된 테마 중 하나이기도 하다. 아마르티아 센이 《윤리학과 경제학》에서 지적했듯이, 애덤 스미스는 근대 경제학의 아버지이기 이전에 윤리학자였으며 그가 펼친 경제학적 숙고는 근본적으로 '어떻게 살아야만 하는가?'로 대표되는 윤리학적 질문들에 대한 대응이었다. 그런데 현대의 경제학과 윤리학은 왜 이토록 분리된 듯 여겨지는 것일까?

아리스토텔레스는 경제행위의 성격을 삶을 꾸려

가기 위한 종합적 수행인 오이코노미아와 그 하위 분류인, 부의 축적만을 목표로 삼는 크레마티스티케χρηματι-στική로 나눈 바 있다. 유사한 문제의식 위에서, 사회학자이자 신학자인 자끄 엘륄은 돈에 두 가지 성격이 있다고 분석한다. 하나는 거래의 수단인 돈이고, 다른 하나는 권세Puissance로서의 돈, 즉 자율성을 지닌 의지로서의 돈이다. 예수가 '불의한 재물'이라 일컬은 돈은 후자다. 돈의 권세는 욕망을 부추기고, 사람의 행동을 규정하며, 모든 것에 즉시 값을 매긴다. 쉼 없이 매매가 이루어진다.

즉 돈에는 불가분의 관계이면서도 서로 환원될 수 없는 두 가지 측면이 존재하며, 이로 인해 균형을 잃을 위험이 상존한다. 예수가 일찍이 경고했고 현대 사회가 사로잡혔던 위험, 그러면서도 막대한 풍요를 가능케 했던 위험이다. 이 지점에서 자유주의 경제학자와 예수의 관측이, 디코럼 한국 법인 대표와 성당 주임신부의 분석이 교차한다.

"굳이 성경을 읽고 배우지 않더라도, 돈의 권세는 영과 육으로 느낄 수 있는 것입니다. 경제학의 언어로도 따로 표현이 있습니다. 보이지 않는 손, 시장 원리, 자본주의 정신…"

"그걸 좋게 볼 것이냐, 나쁘게 볼 것이냐가 유일한 차이군요."

"주 하느님께서는 나눔을, 증여와 자선을 말씀하십니다. 예수께서 하나를 사랑하면 다른 하나를 미워한다고 말씀하셨던 것처럼, 매매와 증여는 완전히 반대되는 일입니다."

구약의 학개서와 신약의 요한묵시록은 마지막 때를 직접적으로 묘사한다. 사람들이 주목하는 것은 땅의 왕들이 영광을 가지고 새 예루살렘으로 들어간다는 대목, 은과 금이 하느님의 몫이 되리라는 대목이다. 특히 학개서는 하느님을 '만군의 여호와', 즉 '모든 권세의 왕'으로 묘사한다는 점에서 의미심장하다. 마지막 때에는 돈의 권세마저 심판받아 하느님에게 속하리라는 것이다.

분명히 수레바퀴는 물질적인 욕망을 부풀리기만 하던 시대를 심판하려는 것처럼 보인다. 나는 이러한 분석에 흥미와 회의를 동시에 느꼈다. 수긍하려는 순간 F와의 인터뷰가 떠올랐기 때문이다. 80억 명을 한자리에 모아놓고 협상을 진행하면 영원히 끝나지 않겠지만, 애

초에 모이는 것조차 불가능하겠지만, 돈은 어떻게든 결론을 내준다는 것은 엄청난 강점이다. 증여가 이 기능을 대신할 수 있을까?

"사람들이 돈에서 벗어날 수 있을까요?"

"그 일이 실제로 이루어지고 있지 않습니까?"

"글쎄요, 제가 보기엔 조금 묘해서요."

무엇보다도 성경에서 말한 나눔과 자비의 원리가 계획경제 체제는 아닐 거라는 생각이 있었다. 그건 뭐랄까, 여전히 인간적인 제도다. 그 점을 그대로 읊자 B의 얼굴에 느긋한 미소가 떠올랐다.

"그 모두가 구원을 향해 가는 과정이지요."

"너무 낙관적인 말씀처럼 들리는데요."

"심판을 피하려는 소망은 헛되다고 합니다."

2020년대는 COVID-19와 전쟁과 식량 위기로, 수많은 사람의 죽음으로 시작되었다. 묵시록의 네 기사는 역병과 전쟁과 기근과 죽음이다. 신실한 기독교인들이 수레바퀴의 출현을 심판과 연결 짓는 것은 당연한 귀결처럼 보인다. 그리고 B 신부의 미소에는 이 일이 어떻게든 잘 풀려나가리라는 확신이 깃들어 있다.

나는 잠시 고민하다가 돈과 수레바퀴의 관계에 대

해서라면 신부의 해설을 믿기로 한다. 물증이 없고 검증도 하지 못할 문제를 마주치면 낙관으로 도망치는 수밖에 없다.

하지만 그것만으로 끝날 일은 아니라는 생각도 든다. 지금까지 이 글에서 다룬 사람들은 수레바퀴를 인정한 부류였다. 휠데브의 대표나 변호사조차도 수레바퀴가 가리키는 쪽으로 세계가 바뀌리라는 인식만큼은 공유하고 있었다. 하지만 세상에는 그 반대를 향해 내달리는 사람도 있다. 국가별로 조금씩 비중이 다르지만, 적극적인 안티휠은 아무리 적게 잡아도 열 명 중 한 명이다.

안티휠에 대해, 적색 영역에 대해, 우리가 그것들을 받아들이는 방식에 대해 생각해볼 차례다.

3장

우리는 타인에게 받아들여지는 상황에 기쁨을 얻고, 좋은 관계를 이어 나가려 애쓴다. 좋은 일에는 더불어 기뻐하고 슬픔은 반으로 나누어 가진다. 인간의 본성이 선하다는 증거인가? 그럴 수도 있고 아닐 수도 있다. 내집단에는 이타성과 호혜성을 보이고, 외집단에는 경쟁심과 적대성을 드러내는 것이 무리동물의 천성이다.

칼 슈미트는 정치적 행위와 동기가 아我와 적敵의 구분으로 환원될 수 있으며, 적을 규정하고 그에 대응하는 것이야말로 정치의 본질이라고 썼다. 즉 집단이 특정한 가치로 묶인다는 것은 '집단의 적'이 존재한다는 뜻이다. 이민자를 환대하는 민족주의자 단체는 형용모순이고, 보수주의 기독교인이 퀴어 퍼레이드를 도울 일은 없다.

한편 돌봄과 환대를, 다양성을 말하는 사람들도 각자도생의 논리를 옹호하지 않는다. 결국 우호성과 배타성은 서로의 양면이자 선악 이전에 존재하는 원리인 셈이다. 그 점을 이해하면 우호성이 얼마나 협소한 구속력을 지니는지도 알 수 있다. 난민의 미움을 두려워하는 파시스트는 유럽인들의 배척이 슬퍼서 침공을 망설이는 칭기즈칸만큼이나 이상해 보인다. 즉 우호성에 대한 욕구는 공동체 내의 관계를 보전하려는 욕구고, 적군에게 적용되지는 않는다.

당신이 텍사스에 사는 노인이라고 생각해보라. 근면하게 살아온 덕분에 돈에 쪼들리지는 않지만 어쩔 수 없는 외로움에 시달리는 노인 말이다. 유일하게 기댈 곳은 교회뿐이다. 목사는 타락한 사람들(동성애자들, 게으른 사람들, 성적 문란자들…)이 심판받을 것이라 말해주고, 동료 교인은 당신에게 웃음 담긴 인사를 건넨다.

그런데 수레바퀴가 나타나면서 상황이 뒤바뀐다. 목사의 적색 비중은 6할에 가까운 반면 불한당들의 수레바퀴는 보통 사람들과 큰 차이가 없어 보이기 때문이다. 수레바퀴가 하느님의 충실한 종을 심판하고 있는 것이다.

다행히도 목사가 해설을 읊어준다. 우상을 거부하시는 하느님이 수레바퀴의 형상으로 나타나진 않으리라고. 온 세상 사람들은 사탄으로 인해 시험에 들었을 뿐이라고. 이제야 상황이 명쾌해진다. 당신은 빠르게 바뀌어가는 세상을 의심의 눈초리로 바라보기 시작한다.

수레바퀴는 방탕하고 타락한 사람들에게 은혜를 베풀며 근면하고 정직한 사람들을 적으로 삼는다. 장벽을 넘어온 멕시코인들을 사회의 일부로 받아주는 것, 동성애자들을 적대시하지 않는 것, 빚 많은 게으름뱅이들을 너그럽게 감싸는 것. 그 모두가 도덕적 해이의 증거다. 참, NRA(전미총기협회) 간부들의 적색 비중이 평균적으로 6할을 넘나든다는 사실은 덤이다.

긴 묵상 끝에 당신은 원정을 떠나는 십자군의 심정으로 AR-15를 꺼낸다. 그리고 60킬로미터를 달려 인근의 작은 게이클럽으로 향한다. 입구에는 나뭇가지를 엮어 만든 수레바퀴와 환영 문구가 걸려 있는데, 안에서는 소규모 페스티벌이 진행되는 중이다. 수레바퀴가 '혐오자'들을 심판했다면서 축배를 들고 있는 것이다.

당신은 혐오자라는 분류표를 받아 드는 대신 저들이 사탄 숭배자라고 믿는다. 입구 근처의 사탄 숭배자들을 향해 소총을 겨눈다. 총성과 비명이 공명하는 듯하더니 이내 시끌벅적한 어둠에 파묻히고 만다. 당신은 어둠을 향해 걸어 들어간다. 테크노 음악 소리가 어찌나 큰지 총성과 구분이 안 될 정도다. 가까운 놈들부터 쏘기 시작한다. 조명등이 좁은 골목길의 경고등처럼 번쩍이는데 그 위로 연기가 피어오른다. 피와 화약 냄새가 사방에 퍼지고서야 상황을 파악한 사람들이 비명을 지르며 도망치려 한다. 당신은 계속 총을 쏜다.

　　이윽고 공연이 끝난 무대에 조명이 올라오듯 바닥 곳곳에서 환한 빛이 치솟기 시작한다. 정오를 한 움큼 떼어 온 듯 밝아진 공간 속에서, 당신은 동작을 멈추고 주위를 둘러본다. 빛무리와 피 웅덩이가 맞닿은 자리가 붉은 네온 테두리처럼 반짝이고 있다. 피 냄새가 진동하고 피가 빠르게 돌고 심장 소리가 메트로놈처럼 박자를 맞추는데 빛은 그 모든 흐름으로부터 분리된 듯 유유하게 솟구쳐 나와 허공에 스민다.

　　당신은 일부러 고함을 지르고 피 웅덩이를 밟고 주검을 걸어차고 다니지만 그러는 동안에도 수레바퀴는 아무런 반응 없이 허공에 멈춰 있다. 구석 자리에 남은 어둠이 걷히고 숨어 있던 오케스트라가 교향곡을 연주하더라도 놀랍지 않으리라는 생각, 하지만 자신의 귀에는 결코 그 음악이 들리지 않으리라는 예감이 밀려온다.

빛을 피해 턴테이블 뒤편으로 향한다. 거기에는 소년에 가까운 청년 하나가 숨어 있는데 눈앞의 광경에 홀려 비명을 지르는 것조차 잊은 모양새다. 그는 천천히 고개를 들어 당신을 올려다보지만 순진한 두 눈에는 공포가 없다. 구원을 기꺼이 맞이하려는 소년의 얼굴 앞에서 당신은 주춤거리다가 하던 일을 마무리 짓는다. 수레바퀴가 돌기 시작한다⋯ 청색.

곤죽이 된 얼굴과 으깨진 두개골이 온화한 찬란함을 발하고, 세계는 평안하다. 당신은 참상 앞에서 천국의 지성소를 발견한다. 액체로 된 루비가 사방에서 반짝이며 무수한 찬란함으로 가득한 곳. 심호흡하자 화약 냄새가 폐를 가득 채우고, 얇고 질긴 막에 감싸인 기분이 엄습한다. 그 막이 빛과 당신을 분리하는 것을 느낀다. 숨을 몰아쉴 때마다 적막감 또한 강렬해진다.

여기를 떠나야 한다. 여기에서 **사라져야만** 한다. 당신은 총구를 삼킨 채 방아쇠를 당긴다⋯.

텍사스 게이클럽 총기난사 사건의 사망자는 34명 이지만 지옥에 떨어진 사람은 노인이 유일했다. 여기에 서 얻을 수 있는 깨달음 하나는, 수레바퀴에게 확고한 미적 기준이 있다는 것이다. 피 웅덩이와 빛무리 한복판 에서 암흑으로 추락하는 노인의 이미지는 조도롭스키의 영화만큼이나 강렬해 보인다.

수학적인 계산을 곁들이면 이 장면이 의도된 연출 임이 명확해진다. 피해자들의 청색 영역 평균은 58퍼 센트[22]였다. 피해자 서른세 명이 모두 천국에 갈 확률은 58퍼센트를 서른세 번 곱한 값과 동일하다는 것이다. 사 실상 0이라고 봐도 좋다. 아득하게 낮은 확률을 뚫고 기 적이 일어났다고 믿을 수도 있겠지만, 수레바퀴 너머의 존재가 확률에 조작을 가했다고 보는 편이 합리적이다.

뿐만 아니라 해당 페스티벌이 유튜브 라이브를 통 해 송출되고 있었다는 점은 마케팅 면에서도 의미심장 하다. 총기난사가 벌어지기 직전의 시청자는 7명에 불과 했지만 노인이 죽은 시점에는 35만 명으로 늘어났고, 녹 화 영상의 총 조회 수는 최근 145억이 되었다.

훌륭한 마케팅은 이성이 아니라 감성에, 직관에 호 소한다. 총기난사 사건 영상은 정부 주도 캠페인보다 더 큰 효과를 발휘했을 뿐만 아니라 수많은 안티휠을 설득했다. 잠재적 총기난사범을 예방하는 효과도 있었다.

공포영화의 살인마들이 인간 앞에서만 당당할 수 있다는 사실을 떠올려보라. 여자에게 전기톱을 휘두르는 남자의 형상은 위협적이지만, 맞서야 하는 상대가 눈 덮인 설산이거나 황무지라면 피와 비명은 금방 의미를 잃는다. 폭력을 압도적인 숭고로 짓누르는 장면에서 가해자 역할을 맡는 건 달가운 일이 아니라는 것이다. 가해자의 형상이 두려운 악당보다는 겁먹은 불청객에 가깝다면 말할 필요도 없다.

잠깐, 내가 사람이 죽은 사건을 두고 너무 방정맞게 떠들고 있나? 1년 전이었더라면 이런 식으로 글을 쓰진 않았겠지만, 수레바퀴는 죽음에 대한 시선을 완전히 바꾸어놓았다. 이제 사람들은 죽음을 삶의 종착지가 아니라 중간 기착지로, 새로운 기회이자 탈출구로, 심지어 수단으로 본다.

예컨대 연명 치료로 근근이 삶을 이어가던 환자들에게 수레바퀴는 죽음으로 향하는 관문이 아니라 되살아날 기회가 됐다. 65퍼센트 확률로 완치되기 혹은 35퍼센트의 확률로 지옥에 남기. 걸어볼 만한 도박이다. 뿐만 아니라 젊은 나이에 사고를 당해 천국으로 가는 상황은 남이 긁어준 복권이 당첨되는 것과 비슷한 행운으로 여겨진다. 청색 비중을 올리느라 골머리를 앓을 필요가 없어진 데다가 사후세계까지 단번에 해결됐으니 말이다. 통계에 따르면 미국 성인의 87퍼센트는 텍사스 게이 클럽 총기난사 사건의 피해자들에게 부러움을 느낀 적이 있다고 한다.

하지만 압도적인 운명에 끌려가길 바라면서도 스스로 운명을 이끌 용기는 없는 게 평범한 인간이라서, 대부분은 죽지도 죽이지도 않은 채로 세상에 두 발을 붙이고 있다. 강경한 안티휠도 예외는 아니다. 수레바퀴가 언짢고 바뀌어가는 세상이 불편한 사람들에게도, 계속 살아가고 목소리를 높일 이유가 있는 것이다.

그들의 태도는 어리석은 고집처럼 받아들여지기도 하지만 그런 취급만으로 끝날 일은 아니다. 어리석음을 이해하기 위해서는 현명함이 필요한 법이고, 기업가들이 천국에 갈 방법을 찾으려 전략팀을 가동할 때 고독한 노인은 수레바퀴를 거부했다는 사실에는 윤리학으로도 자본주의 정신으로도 설명하지 못할 복잡성이 깃들어 있다.

그러니까, 텍사스 게이클럽 총기난사 사건으로 돌아가서 두 번째 깨달음을 찾아보자. 우리는 이 사건을 어떻게 이해해야 하나? 서른세 명의 무고한 피해자는 천국으로 떠났고 편협한 악인은 지옥에 떨어졌으니, 극적인 정의구현이라 치고 기뻐하면 그만인 일인가? 그런 독해는 너무 얄팍하게 느껴진다. 무엇이 옳거나 그르다는 판단은 실제로는 아무것도 설명하지 못하기 때문이다. 이유가 결과를 정당화하지 않을지라도 현상을 이해하기 위해서는 단초와 전개를 자세히 짚어야 한다.

영국 극우단체의 지도자였던 레이 힐이 과거를 반성하면서 "나의 불행을 타인의 탓으로 돌리면 가장의 몫을 다하지 못하고 있다는 수치심은 금방 사라진다… 인종적 편견은 가장으로서의 지위를 회복시켜주었고, 이민자들과 싸우는 것은 우리 가족을 위해 싸우는 일이 되었다."[23]고 말한 것처럼, 나치의 사상이 침체에 빠진 독일을 매혹시켰던 것처럼, 악의 뒤편에는 인간의 얼굴이 있다. 물질적이고 타산적인 욕망이 아니다. 외롭지 않으려는 마음, 친구들을 아끼는 마음, 인정받으려는 마음, 자신이 믿는 옳음을 추구하려는 마음에는 어두운 가능성이 숨어 있다. 혹은 어두운 가능성이 그런 마음에 틈입한다. 심리의 함정이라고 부를 만한 것이다. 모두가 그런 일을 겪는 것은 아니지만 누구나 그런 일을 겪을 수 있다.

결국 인간성이란 모두에게 공평한 족쇄라서, 이 족쇄는 근면한 기독교인을 총기난사범으로 만드는가 하면 청색 비중이 7할에 달했던 사람을 안티휠로 바꾸어놓는다. 3장에서는 그 부분을 다루고자 한다.

정말로 비난받을 만한 사람

의견을 표출하는 것은 의견을 가지는 것과는 다른 일이다. 타인에게 상처를 입히거나 또 다른 문제를 불러일으킬 가능성이 있고, 정확한 표현을 선택하지 않으면 뜻이 온전히 전달되지 않는다. 말에 신중하라는 격언이 모든 문화권에서 발견되는 것도 당연하다.

그런데도 인터넷은 우리가 모든 것에 의견을 덧붙이도록 부추긴다. 우리는 신문기사의 댓글란에 정견을 늘어놓고, 지도 애플리케이션에 식당 리뷰를 달고, 영화를 보자마자 별점을 남기고, 유명인의 SNS에 한마디씩 얹는 일들을 당연한 권리처럼 여긴다. 만약 그 의견이 잘못에 관한 것이라면 사명감을 느끼기까지 한다.

누군가의 막말이 큰 물의를 일으켰다고 상상해보라. 그 발언을 조목조목 분석한 댓글이 가장 많은 추천을 받아 댓글란 최상단에 올라갈 테고, 그 아래로는 비슷한 논조의 비판과 격한 감정 표현이 반복될 것이다. 수천 마리의 앵무새가 서로의 울음소리를 끝없이 되풀이하는 광경이 떠오르지 않나?

　　모두가 동의하는 비판을 되풀이하는 것은 실질적인 변화가 없다는 점에서 소모적이다. 기껏해야 그렇게 생각하는 사람이 한 명 더 있다는 것을 나타낼 뿐인데, 그런 입장쯤은 리트윗이나 공유나 추천으로도 충분히 보여줄 수 있다. 그런데도 구태여 키보드를 두드리는 이유 중 하나는, 인간이 눈치를 보는 동물이기 때문일 것이다.

　　주위 사람들과 함께하는 상황은 소속감과 안정감을 준다. 그뿐만 아니라 우리는 도덕적이고, 생각이 깊고, 사회 이슈에 민감한 자아상을 내면에 키우고 주위에 그걸 증명하려 애쓴다. 심리학적으로는 **인상 관리**[24]라 불리는 작업의 일종이다. 잘못한 사람에게 돌을 던지고 죄수가 사자에게 쫓기는 모습을 구경하는 것이 인간의 유구한 오락이었다는 사실로부터 유추할 수 있듯이, 단순한 즐거움도 빼놓을 수 없는 이유다. 게다가 인간의 뇌는 이러한 동기를 숨기도록 진화해왔다. 위신과 평판을 관리하면서도, 혹은 스트레스를 폭력적인 방식으로 해소하면서도 자신은 선한 일을 한다고 믿을 수 있는 것이다. 그 과정에서 다른 의견을 가진 사람들에게 평소라면 하지 않을 폭언을 쏟아내기도 한다.

내가 너무 냉소적으로 말하고 있는 건가? 올바른 이유로 의견을 표명하는 사람도 많으니까? 하지만 IT 기업들의 돈벌이 알고리즘이 앞서 말한 상황을 부추겨 왔다는 점은 어쩔 수 없는 사실이고, 미디어 매체가 거기에 가세했다는 것 또한 진실이다.

이슈를 만들기 위해 악의적인 편집을 가할 필요조차 없다. 리얼 버라이어티라는 명목으로 분별력 없는 사람을 카메라 앞에 데려다놓은 다음 트러블을 기다리기만 하면 된다. 아이돌 경연 프로그램이든, 일반인이 등장하는 연애 프로그램이든, 가족 상담 프로그램이든 간에 방송이 한 차례 송출되면 마땅히 욕을 먹을 만한 사람이 생기기 마련이다. 수백만 명의 시청자들이 한마디씩 비판을 던지고, 평소 행적과 과거를 궁금해하고, 커뮤니티 사이트에 한바탕 불이 붙고, 기자들은 일련의 상황을 다시 기사로 쓴다.

수레바퀴는 이런 일들에 까다로운 태도를 보여준다. 필요한 행동이 아니라면 자제하라는 것이다. 잘못된 점을 지적하는 것은 가능하지만 그걸 빌미로 으스대서는 안 되고, 퉁명스러운 직원을 만난 뒤 친구에게 푸념을 털어놓는 건 괜찮지만 방송 출연자에게 욕설 댓글을 남겨서는 안 된다. 그 사람이 실제로 사악하고 멍청해서 결코 가까이 지내고 싶지 않은 부류여도 마찬가지다. 악인을 비난하는 게 사회적으로 용인되는 행위일지라도 모든 악인을 일일이 찾아다니면서 비난할 필요는 없는 것과 같은 이치다.

적색 영역에 대한 평가에도 비슷한 논리가 적용된다. 아이돌 C가 자살했을 때 거기에 가담한 이들의 수레바퀴가 어떻게 움직였는지를 떠올리면 이해가 쉽다. 혹은 사태 초기에, 우후죽순으로 나타났다가 곧 사라진 시사 예능 포맷을 생각해볼 수도 있다. 수레바퀴가 새빨간 사람들을 섭외해 어떤 삶을 살아왔는지 캐묻는 종류의 방송 말이다. 경각심을 일깨운다는 명분을 내세울지라도, 그게 제니 존스 쇼[25]와 본질적으로 같은 프로그램이라는 데에는 반론의 여지가 없다. 움베르토 에코가 일찍이 지적한 것처럼, "사람들은 술주정뱅이를 흉내 내는 배우를 보고 웃는 것이 아니라 알코올중독자에게 직접 술값을 내주고 그의 타락을 비웃는다".[26] 도덕적 책임이 희석된, 현대판 프릭쇼인 셈이다.

수레바퀴는 사이버불링 가담자들과 방송 제작진의 수레바퀴를 통해 공개적인 입장을 밝혔다. 수레바퀴만을 보고 사람을 비웃거나 괴롭히지 말 것이며, 문제가 일어난다면 그 문제에 대해서만 행동하라는 것이다(즉 오른뺨을 맞았다고 해서 왼뺨을 내밀 필요는 없다. 경찰을 부르거나 연을 끊으면 된다).

지옥에 가게끔 점수를 매겨놓고 지옥에 갈 사람들을 공평하게 대우하라니, 얼핏 보기엔 모순 같다. 하지만 수레바퀴를 일종의 법체계라고 보면 의문이 풀린다. 법은 범죄자에게 징역을 부과하지만 처벌 이력으로 차별당하는 상황은 부당하다고 간주한다. 소아 성범죄자가 교육기관에 취직하는 상황 등에만 예외적인 제한을 걸어둘 뿐이다. 결국 수레바퀴는 우리에게 원리원칙에 따른 판단을 요구하는 셈이다. 혹은 해탈이거나. 감정과 온전히 거리를 두라는 요구는, 글쎄, 타당하긴 하지만 어려워 보인다.

한 연예계 관계자가 말하기로는 이렇다.

"짜증스러운 걸 보면 짜증이 나는 건 인간 본성입니다. 짜증을 내고 싶어 하는 것도 인간 본성이고요. 보기 싫으면 안 보면 되는데 일부러 문제점을 찾아가면서 욕을 한단 말입니다. 성경에 숨을 쉬라는 내용, 밥을 제때 먹으라는 내용은 없지만 서로 사랑하라는 내용은 줄창 나오는 게 무슨 의미겠습니까? 그래서 사랑을 말하던 사람이 어떻게 됐어요? 십자가에 매달려 죽지 않았습니까?"

앞서 말했다시피 우리는 옳다고 판단한 것과 옳다고 느끼는 것, 그리고 정말로 옳은 것을 구분하지 못하는 뇌를 가진 동물이다. 심지어 자기애로 넘치기까지 한다. 행동을 일일이 점검하기보다는 IT 기업과 미디어를 탓하는 게 자연스러운 흐름이다.

계산은 쉽다. SNS 알고리즘이 자극적인 소식 대신 친구들의 일상을 더 많이 보여주는 쪽으로 바뀐다면, 기자들이 '민폐남녀' 이야기를 멈춘다면 갖가지 가십을 두고 평론가처럼 굴 필요가 없다. 리얼 버라이어티 쇼가 폐지된다면 출연자들의 일거수일투족에 신경을 곤두세울 필요가 없다. 커뮤니티 사이트에서 추천과 답글 기능이 사라지면 관심을 얻기 위해 아등바등할 필요가 없다. 유튜브와 뉴스 사이트에서 댓글란이 사라지면 욕설 댓글을 달지 않아도 된다. 더 나아가 인터넷을 끊고 종이 신문을 구독한다면 타인의 반응에 대해서는 아예 생각할 필요조차 없다. 심지어 서버 운영에 필요한 데이터센터들은 2020년에 2억 6천만 톤에 달하는 이산화탄소를 배출했고, 이 수치는 해마다 높아지고 있다. SNS와 게임과 개인 방송을 멈추면 기후위기 부분에서도 추가 점수를 얻을 수 있다는 소리다!

정의 구현

가십거리 기사들이 사라졌고 종이 신문이 되살아났다. 방송국은 철학 강의와 고전영화를 편성한다. 각종 리뷰 서비스는 폐쇄 수순을 밟고 있거나 투고제로 전환됐다. 운영진이 제출된 리뷰를 받아본 다음 충분히 타당하다는 판단이 서면 글을 올려주는 방식이다. 채팅 필터링으로 골머리를 앓던 게임 회사들은 냉큼 채팅창 자체를 지워버렸다. 기성 SNS들은 이용자 유출로 몸살을 앓는 중이다(주목할 만하게도, 팔러와 갭의 트래픽은 과거 수준을 회복했다[27]). 그런 와중에도 자신의 블로그만큼은 세상에 도움이 된다고 믿는 사람들이 있기 마련이라서, 모두가 한순간에 무지에 갇히는 상황은 벌어지지 않았다. 하기야 배수관 뚫는 법이나 입체음향 환경에 대한 설명, 혹은 논리 경험주의 개요가 타인을 해칠 수 있다면 그것도 놀라운 일이다.

이런 변화를 가장 절실하게 느끼는 건 어떤 사람들일까? 기자? 방송국 PD? SNS 기업의 직원? 영화감독? 인스타그램 인플루언서? 모두가 각자의 자리에서 변화의 물결을 맞이하고 있지만, 일상에 직접적으로 와닿는 예시는 요식업자일 것 같다. 특히 배달을 주력으로 하는 곳 말이다.

"초반에는 힘들었죠. 그러니까, 사람들이 집밥을 해 먹자면서 외식을 줄이고 그랬잖아요? 자원봉사 단체에서 조리사를 구하길래 나도 거기서 일이나 해볼까, 이렇게 생각하기도 했어요. 그런데 급식소에서 일하는 거랑 가게 주방에서 일하는 건 다르니까, 다들 집에서 밥해 먹고 사는 건 아니니까 버텨보기로 했죠. 코로나도 버텼는데. 지나고 보니까 이게 또 좋네요."

신도시에서 중국집을 운영하는 어느 요식업자의 말이다.

"이렇게 말해도 되는지 모르겠는데, 수레바퀴 싫어하는 사람들 있잖아요. 사람을 이런 식으로 평가하는 게 나쁘다고 떠드는 사람들. 그런데 그게 다들 평소에 하던 일이거든요. 가게에 별점 매기고 리뷰란에 평가 쓰고. 내가 다른 사람 평가하는 건 되는데 세상이 날 평가하는 건 안 된다, 이거는 이중 잣대죠. 예전에는 1점 리뷰가 하나 달리기만 해도 사나흘은 그 생각이 났어요. 기분 문제도 있고, 돈 문제도 있고. 진짜 이렇게 잘못했나 묻게 되고. 지역 카페 같은 곳에 나쁜 글이 올라오면 그것도 타격이 크니까, 내가 서비스업인지 음식 만들어서 파는 사람인지 모를 정도로…. 요새도 가끔 그때 기억이 나는데, 말도 안 되는 트집 잡던 사람들이 다 점수 깎였을 거라고 생각하면 괜히 마음이 편해지고 그래요. 나 대신 수레바퀴가 복수해주는 느낌이거든요, 정말로."

심술궂은 말처럼 들릴지도 모르겠지만, 이런 태도는 일반적으로 권장되는 것이다. 실제로 수레바퀴 대응 센터의 행동 지침은 다음과 같은 권유 사항으로 이루어져 있다.

- 타인의 잘못을 찾아다니거나 깎아내리며 자부심

을 느끼지 마세요. 다양한 가능성을 고려하세요.

- 타인이 언짢은 이야기를 한다면 그 언짢음의 이유를 천천히 점검한 후, 사실관계와 논리만을 침착하게 반박하세요. 감정적으로 휩쓸리지 마세요. 조롱하거나 으스대거나 과도하게 분노하지 마세요. 혹은 무관심이야말로 가장 큰 공격임을 떠올리세요.

- 실질적인 피해가 있다면 변호사를 고용하거나 경찰을 부르세요. 급한 상황에서는 정당방위도 허용됩니다.

- 그 밖의 문제에 대해서는 항상 이 사실을 떠올리세요, 누군가가 정말로 악한 일을 하고 있다면 지옥에 갈 겁니다. 지옥에 함께 따라 들어가지 마세요. 여기에 남아 있으세요.

물론 어떤 사람들은 마지막 지침을 향해 '악인이 정말로 지옥에 가느냐'는 질문을 던지기도 한다. 비효율적이거나 부패한 사법 체계에 대한 불안과 좌절감이 사적 제재의 토양이 된다[28]는 점에서 이런 문제 제기는 타당해 보인다. 악행이 제대로 처벌받는다는 보장이 없다면 규칙은 무용지물이기 때문이다.

수레바퀴의 확률은 얼마나 믿음직스러운 체계인가? 아무리 공정하다 해도 확률인데? 다행히도 이 점에서 수레바퀴는 납득할 만한 유연성을 보여주고 있다. 반성하지 않은 흉악범들은 어김없이 지옥에 떨어졌을 뿐만 아니라 때 이른 죽음에는 유동적인 가중치가 부여되기 때문이다. 휠데브 데이터 분석팀의 의견을 들어보자.

"사고사나 병사 같은 거 있죠? 차에 치이거나, 묻지마 살인사건의 피해자가 되거나. 아니면 갑자기 암 4기 진단을 받거나. 통계상으로는 눈에 보이는 수치랑 천국에 가는 비율이 많게는 15퍼센트까지 차이가 나요. 사망자의 청색 평균이 61퍼센트라 치면, 실제로 천국에 간 사람은 표본에서 76퍼센트. 지금처럼 살면 10년, 20년 뒤에는 수레바퀴가 얼마나 변해 있을지를 보는 것 같아요."

휠데브 데이터에 기반한 추정치에 따르면, 수레바퀴는 23년 후의 미래를 본다. 물론 평균치가 그렇다는 것이지 23년이라는 숫자 자체를 믿어서는 안 된다. 나이나 조건 등의 세부 사항을 추가하면 통계가 뒤죽박죽으로 변하기 때문이다. 현재 확률과 미래 예상치 중에서 더 높은 것이 선택된다는 의견도 있다. 현재의 청색 비중이 50퍼센트고 미래 예상치가 35퍼센트라면 50퍼센트의 확률로 천국에 가고, 반대로 미래 예상치가 75퍼센트라면 75퍼센트의 확률로 천국에 간다는 것이다.

적색 비중이 극단적으로 높은 경우에는 또 다른 계산식이 적용되는 모양이지만, 수레바퀴는 대부분의 사람에게 너그러운 태도를 보이는 듯하다. 그렇다면 자살이나 의도적인 사고사는 어떨까? 철근이 떨어지길 기대하며 공사장 아래를 배회하는 사람들은? 휠데브 데이터 분석팀의 조언을 들어보자.

"아직은 추정 단계지만 자살에는 보정이 안 들어가고, 자살인지 사고사인지 분간이 애매한 경우엔 그만큼 보정이 깎이는 것 같아요. 그 과정에서 부가적인 피해가 생기면 오히려 점수가 깎이고. 편법은 안 된다는 거죠. 욕하고 싶은 일이 있으면 수레바퀴한테 맡기고, 남이야 어떻든 간에 스스로가 최선을 다해 착하게 살아야 한다… 그렇게 정리할 수 있겠네요."

하지만 불가피하게 타인의 결점에 관심을 기울여야 하는 상황도 있다. 고용시장에서는 특히 그렇다.

합리적 배제 혹은 차별

바로 작년까지만 해도 신문을 펼치면 청년 실업률에 대한 기사를 쉽게 찾아볼 수 있었다. 작년까지의 이야기다.

수레바퀴의 등장과 함께 취업시장은 대호황을 맞이했다. 중년들은 돕고 사는 삶을 위해 직장을 떠났고 기업 총수들은 사회 환원을 사업의 일부로 받아들였다(그러지 않으면 지옥에 갈 판인데 달리 어쩌겠는가?). 시민단체와 비영리기구는 뒤바뀐 태도에 못마땅한 시선을 보내기도 했지만 결국엔 기업체와 손을 잡았다. 그러자 시민사회계의 고질적인 문제가 수면으로 드러났다. 활동가가 절대적으로 부족했던 것이다.

돈을 허공에 흩뿌릴 수는 없다. 기본적으로는 행정업무와 회계 처리가 필요하고, 또, 돈을 거저 주는 것만으로 빈곤이 해결되는 것도 아니다. 물자 분배, 교육, 상담, 현지인들과의 소통, 문건 작성, 기획, 홍보. 그리고 더 많은 일들. 대기업들은 불황이건 탈세계화의 물결이건 아랑곳하지 않고 고용을 확대하기 시작했다.

결국 취업 준비생에게 수레바퀴의 등장은 호재였다. 고용시장과 국제 봉사가 연계되면서 취직 문제와 사후 문제를 동시에 해결할 발판이 생긴 것이다. 오지 근무와 행정직 사이의 선호도 차이 역시 절묘한 균형을 유지했다. 사후를 위한 투자와 지금 당장의 안락함 중에서 선택하기만 하면 된다. 모두가 만족할 수 있는 방향이다. 그렇다면 무엇이 문제일까?

"사람을 채용한다는 건 기준을 세우고 사람을 판단한다는 겁니다." 모 대기업 인사 담당자의 말이다. "수레바퀴가 무슨 생각을 하는지는 대충 이해가 갑니다. 훌륭한 사람들과만 어울리겠다는 건 못난 사람들을 외면하겠다는 뜻이니까요. 그래서야 세계 평화가 이루어질 수는 없겠죠. 이상하고 짜증나는 사람들에게도 남들과 어울릴 기회를 줘야 하고, 용서해야 하고… 거기까지는 이해합니다. 하지만 회사는 친목 동호회가 아닙니다. 여긴 일을 하는 곳이죠. 팀 분위기를 해칠 사람을 걸러내는 게 우리 일이고요."

여성이거나 성소수자거나, 이민자라는 이유만으로 자격 있는 지원자를 탈락시켜서는 안 된다. 하지만 지원자의 수레바퀴가 새빨갛다면 어떨까? 이건 의견이 분분한 문제다. 기본적으로는 떨어트려도 된다는 입장이 우세하지만, 취업에서의 소외가 사회적인 소외로 직결된다는 관점도 유력하다. 직장이 없고 돈이 없으면 회개하기도 어려운 법이고, 사회 적응에 실패한 전과자는 쉽게 재범을 저지른다.

"성별, 성적 지향과 정체성, 인종. 이런 것들까지는 납득이 갑니다. 하지만 지원자의 청색 영역이 35퍼센트쯤이라고 생각해보세요. 35퍼센트는 뭐랄까, 일반인의 한계선이죠. 재벌이나 정치인들은 이야기가 좀 다르지만, 보통 사람이 그 아래로 떨어지려면 중범죄를 저질러야 하니까요. 물론 학교 폭력 가해자였다, 집에서 가족들을 때린다, 하지만 직장에서는 좋은 일꾼이다, 이런 사람도 충분히 많습니다. 아주 많죠. 그래도 수레바퀴가 눈에 보이는 이상 한계선에 겨우 걸친 사람과 함께 일하긴 어렵습니다. 인적성 검사나 자기소개서가 멀쩡하더라도 거짓말쟁이가 아닐까 의심하게 되고요, 불안해지죠."

다만 그런 사실들에도 인사 담당자의 입장은 확고했다. 나는 잠시 생각하던 끝에 아이돌 C 이야기를 꺼냈다. 다중 계정으로 인터넷 사이트에서 분란을 일으키는 게 취미였던 청년 말이다. 악취미라는 점만큼은 부정할 수 없지만, C의 내면이 썩 아름답진 않으리라는 추측도 가능하지만, 어쨌거나 C는 팀원들과 분란을 일으킨 적이 없었다. 선하지 않은 사람일지라도 주변인에게는 좋은 사람일 수 있는 법이다.

"그러니까, 붉은 수레바퀴까지도 관대하게 받아들여야 하지 않을까요? 인간이 바뀔 수 있다는 걸 믿고 기회를 주라는 게 수레바퀴의 입장이니까…"

"선생님은 가능하신가요? 남의 피해가 아니라 내 피해에 대해서, 내가 피해자가 되었을 때 상대를 마음 편히 용서한 적이 있으세요?"

"글쎄요, 무슨 일인지에 따라 다르겠지만 쉽지 않죠."

"내 앞에 있는 사람이 수레바퀴가 빨간색이다, 하면 편견 없이 대할 수 있으세요?"

"그것도 어렵겠죠."

여기서 잠깐, 수레바퀴는 물질적 여건뿐만 아니라 심리 상태도 중요하게 여긴다는 점을 생각해보자. 자기 본위로 약속을 내팽개치는 상황과 우울증으로 업무 수행이 어려운 상황이 다르듯이, 돈을 위해 사이비종교를 세운 사람과 망상을 진실로 믿어버린 사람에게 똑같은 처벌이 내려지는 상황은 너무 가혹할 것이다.

심신미약 상태인 사람의 수레바퀴는 증상의 심각

도에 비례해 반투명해지며 변동률도 그만큼 줄어든다. 결국 책임질 게 많은 입장이 아니고서야(앞서 다뤘다시피 지위가 높을수록 청색 점수를 따내기가 더 어려워진다) 보통 사람의 수레바퀴에서 붉은 비중이 높다는 건 정말로 악한 면이 있다는 뜻이다. 병적인 거짓말쟁이거나, 타인을 조종하려 하거나, 타인을 멸시하거나, 분란을 일으키거나, 양심이 부족하거나, 이기적이거나, 폭력적이다. 혹은 전과가 있다.

물론 그런 악덕이 오로지 개인의 소관이라 볼 수는 없다. 고통과 역경은 인간을 단련시키기 전에 꺾어놓기 때문이다. 사회적 거부를 겪은 사람은 거짓말과 탐욕이 많아지고, 각박해지고, 분란을 일으키는 경향이 있다.[29] 가해자가 될 확률도 크다. 그러다가도 건강한 관계를 맺는 데에 성공하면 도리어 보통 사람들보다 우호적이고 긍정적인 모습을 보여준다는 연구[30]는 수레바퀴의 의지를 뒷받침하는 것처럼 보인다. 《레 미제라블》에서 미리엘 주교가 장발장의 도둑질을 용서한 것처럼, 장발장이 회개한 것처럼 우리가 맺는 관계도 그래야만 한다는 것이다.

하지만 한편으로는 무례하고 못된 상대와 어울리

지 않으려는 태도는 선의지가 아니라 자기보전의 본능이라는 사실을 떠올리게 된다. 사기꾼들도 사기꾼을 좋아하지 않고, 심리 조종자도 온화한 사람에게서 위안을 얻는 법이다.

결국 미리엘 주교의 이야기가 감동적인 화소로 남은 것은, 그게 비인간적인 수준의 고결함을 드러내기 때문이 아닌가? 보통 사람들이 그럴 수 있단 말인가?

"안 됩니다."

인사 담당자의 단언에는 단호함만큼의 고민이 깃들어 있었다. AI 면접을 도입하거나 인턴십 평가를 통해 '실제 근무 역량'을 확인한 후 정규직으로 전환하는 등의 대안이 제시되기도 하지만, 적색 채용은 아직 큰 난점으로 남아 있다.

뿐만 아니라 정식 채용이 결정되더라도 동료들의 시선은 곱지 않다. 아래의 익명 인터뷰가 그 점을 여실히 드러내준다.

"저도 남들 앞에서는 수레바퀴로 사람 차별하면 안 된다고 말하는데요, 솔직히, 진짜 솔직히 말하면요, 불공평하다고 생각해요. 말이 용서지 결국 멀쩡한 사람들이 이상한 사람 참아주고 피해도 봐줘야 한다는 소리잖아요. 그러면 그냥 이상한 사람으로 사는 게 이득 아니에요? 천국 가는 사람이 참아주는 거라고요? 아무리 그래도요! 수레바퀴가 직접 차별하지 말라고 한 것도 아닌데, 괜히 과대 해석하는 거 같아요. 어차피 빨간 애들 다 안티휠이잖아요. 그냥 어디 수용소 같은 걸 만들어서…."

심플렉틱 다양체의 가치

그런데 적색 편향자들은 실제로 안티휠일까? 통계상으로는 어느 정도 그렇다. 확고한 안티휠의 청색 비중은 평균치에 비해 8퍼센트가량 낮기 때문이다. 하지만 적색 편향자와 안티휠은 교집합이 존재할 뿐이지 다른 집단이고, 각각에게는 지금의 입장을 택할 이유가 있다. 그들을 수용소에 몰아넣진 못할 이유들이다. 게다가 세상에는 청색 비중이 훨씬 높은데도 수레바퀴를 미워하는 사람도 있다. 내 앞의 P 교수가 바로 그런 경우다.

모 사립대학교의 수학과 교수인 P는 부드러운 말씨가 인상적인 중년으로, 올해로 쉰다섯 살이 되었다. 염색하지 않은 회색 머리카락은 시간에 물들어 있고, 얼굴의 주름은 유연하고 부드러운 곡선을 그리고 있어서 그녀가 어떤 삶을 살아왔는지 짐작게 해준다. 조교들에게 호평을 받을 정도라면 인품과 성격은 충분히 증명된 것일 테다. 뿐만 아니라 P는 수레바퀴가 나타나기 이전부터 다양한 이슈에 적극적인 관심을 기울여왔다. 그런 이력을 증명하듯 P의 머리 위에는 멋진 수레바퀴가 떠올라 있다. 본인이 직접 밝히기로는, 78퍼센트다. 1년 전보다 3퍼센트가 떨어지긴 했지만 여전히 높다.

"수레바퀴가 처음 나타났을 때, 기쁘지 않았다고 하면 거짓말일 겁니다. 제가 지금까지 해온 게 옳았다고, 무가치한 노력이 아니었다고 세상이 직접 증명서를 발급해주는 것만 같았지요. 대학 동기 모임에서는 다른 사람들의 수레바퀴를 살펴보며 내심 자부심을 느끼기도 했습니다. 그런데…"

P는 시간이 자신을 그날에 내버려두고 훌쩍 앞서나가는 것만 같다고 말했다. 보기 좋은 액자에 갇힌 그림처럼, 세상 사람들에게 존경과 찬사를 받을 뿐이지 그 세상과 함께할 수는 없다는 것이다. 그녀는 일찍이 금융계로 진로를 틀었던 동기들을 회고한다. 모 자산운용사 임원은 협의체 자문위원이 되면서 43퍼센트의 청색 비중을 49퍼센트로 끌어올리는 데에 성공했다. 국제연구소로 자리를 옮긴 동기도 있다. 어떤 식으로든 세상과 자신

을 동시에 바꾸어나가는 것이다. 그리고 P는 여전히 강단에 남아 1년 전과 똑같은 내용을 들여다보고 있다.

"인문대나 사회대 교수들은 아주 신이 났지요. 공과대학 사람들도 할 일이 많고요. 여기에서도 데이터나 산술 모델을 다루는 사람들은 삶의 보람이 있죠. 그런데 제 분야는, 그럴 여지가 없습니다. 아예 자원봉사에 투신할 수도 있겠지만… 아무리 그래도 저는 결국 수학자입니다. 평생토록 해온 일이, 세상의 진리를 탐구한다고 믿었던 일이 사실은 별로 의미가 없다면, 그런 것들보다는 낙후 지역에 전기 배선을 까는 일이 더 중요하다면… 그렇다면 제 삶은 뭐가 되는 걸까요? 덜 중요한 부분이 핵심으로 변하고, 가장 중요했던 부분은 하찮아진다면요? 제가 너무 사치스러운 고민을 하고 있나요? 어쨌든 제 동기들이 천국에 갈 확률은 절반도 안 되고, 저는 아직 70퍼센트가 넘으니까?"

P의 분야는 심플렉틱 다양체를 다루는 사교기하학이다. 심플렉틱 다양체란 닫힌 비퇴화 2차 미분 형식을 갖춘 매끄러운 다양체로서 해밀턴 역학과도 관련이 깊다고 하는데, 나는 잘 모르는 분야다. 이 글을 읽는 사람들도 대부분 모를 것이다. 순수수학은 다양한 분야에 이

론적 토대를 제공하지만 그럼에도 불구하고 사교기하학이 정의와 무슨 관련이 있는지를 납득시키는 작업은 수학자 자신에게나 외부인에게나 어려워 보인다. 그 점에서 P의 고민은 다분히 본질적인 부분을 꿰뚫고 있다.

사회에 기여하지 않거나 덜 기여하는 행위는 무가치한가? 도덕적으로 훌륭해지는 것 이외의 지향점은 없단 말인가?

수전 울프가 1982년에 발표한 논문 〈도덕적 성인 Moral Saints〉은 '모든 행위가 가능한 최대 한도로 선한 사람'을 도덕적 성인으로 정의한 후, "도덕을 최고의 기준으로 두고 판단할 경우, 우리의 가치들은 온전히 이해될 수 없다"는 논지로 끝을 맺는다. 직관적으로 생각하더라도 모든 사람이 도덕적 성인이 되려 한다면 세상은 훨씬 칙칙해질 게 분명하다. 이러한 논변은 다양한 분야의 사람들에게 위안을 준다. 순수수학, 이론물리학, 천문학, 고생물학….

그 모든 일은 분명히 인류의 문명에 다채로운 아름다움을 안겨왔다. 수레바퀴의 기준과는 다른 가치의 체계에 속하는 아름다움일 뿐이다. 수억 광년을 통과해 다가오는 빛을 포착하기, 영어의 음성체계에 대해 고민하고 구조를 분석하기, 그리고 심플렉틱 다양체에 대해 생각하기.

"저는 조금 게을러지긴 했어도 예전처럼 살고 있습니다. 일부러 기부를 멈추거나 대학원생들에게 화를 낼 수는 없으니까요. 그리고 존경스러운 눈길을 마주하면 뿌듯해지기도 합니다. 하지만 그래도… 수레바퀴가 나타나지 않았더라면 더 좋았을 거라고 생각합니다. 가끔은 수레바퀴가 원망스럽습니다. 세상이 더 좋은 곳이길 바라지만, 세상이 좋은 쪽으로 바뀌고 있다는 게 안심되기도 하지만, 원인이 수레바퀴 때문이라고 생각하면 언짢아집니다. 정체 모를 현상에 연연하기보다는 제가 믿고 살아온 삶을 더 소중하게 여기고 싶어지지요. 인류가 쌓아 올린 지식의 탑에 조약돌 하나를 얹어놓은 데다가 주변 사람에게도 잘 대해주었다고, 그것만으로도 충분하다고, 저한테는 천국보다도 지금의 삶이 더 소중하다고요."

나는 P의 슬픔에 가슴 깊이 공감했고, 한편으로는 다른 생각을 떠올렸다.

"그런데 이런 말씀 드리기 죄송스럽지만, 순수수학은 원래 관심도가 떨어지는 분야 아니었나요? 뭐랄까,

사람들이 알아주지도 않고, 돈이 벌리는 것도 아니고…."

"교수들끼리 그런 농담을 하는 것과 초월적인 존재가 도장을 찍어주는 건 다른 일이니까요."

"그래도 수레바퀴가 사교기하학 연구를 싫어할 것 같진 않은데요. 자발적인 탄소 포집 같은 거라고 보면 좋지 않을까요? 공대 실험실처럼 큰 설비를 들여다놓을 필요도 없고, 컴퓨터 연산에 드는 전력량은 인공신경망이나 빅데이터 연구에 비할 바가 아니고, 산업 폐기물도 없고, 고생물학처럼 차 타고 멀리 갈 필요도 없으니까 순수수학은 그 자체로 친환경적인 학문인 거죠."

P의 얼굴에 정말로 슬픈 기색이 떠올랐다. 또 실수를 저지른 모양이다. 항상 이런 일이 벌어지는데도 내 청색 비중이 평균치보다 약간 낮을 뿐이라는 사실이 신기하다. 수레바퀴는 나를 부분적인 심신미약자로 간주하는지도 모른다. 어쨌거나 나는 정중하게 사과하며 인터뷰를 마무리 지었고, 연구실을 떠났다.

초라한 부품들

낡은 이과대 건물을 나서자마자 후끈한 공기가 목 끝까지 차올랐다. 잠시 멈추고 주위를 둘러보았다. 햇살이 매끄러운 당과 코팅처럼 맞은편의 신축 건물을 감싸고 있었다. 디코럼 소재지가 그 위에 겹쳐 보이더니 두 건물 사이의 차이가 온도의 차이보다 더욱 크게 느껴져서, 나는 세상이 미묘한 절단면들로 이루어진 것은 아닌가 생각해보았다. 어릴 적에 들었던 동요, 지구는 둥그니까 계속 걸으면 온 세상 사람들을 만날 수 있다는 노랫말이 가슴팍 아래 텅 빈 곳에서 웅얼거리다가 멈췄다.

언젠가부터 그 가사가 거의 들리지 않게 된 것은 경계선을 넘을 수 있다는 믿음이 사라진 탓이라고 느낀다. 어느 땅에 서기 위해서는 다른 땅을 포기해야만 한다는 사실, 어떤 사람들은 모든 영토를 그저 통과할 뿐이라는 사실이 막연한 쓸쓸함으로 다가왔다. P 교수의 심경에 동감한 것만은 아니다. 어떤 사람들은 수학자의 이야기를 이해조차 할 수 없는 것으로 취급할 것이기 때문이다. 누군가의 본질은 누군가에게는 사치다.

어쨌거나 P는 엘리트 중의 엘리트고, 이름난 사립대학교에서 중산층 학생들을 가르친다. 영어가 유창하고 비행기표를 끊을 돈도 있어서, 얼마든지 해외 봉사 직무를 맡을 수 있는 청년들 말이다. 잘 닦인 미래를 상상하는 스무 살과 콜센터 사무실에 앉아 수화기를 드는 스무 살의 이미지가 내 머릿속에서 교차하고, 지극히 일반적이면서도 일반적이지 않은 숫자들이 장벽처럼 그 아래에 쌓인다.

대한민국의 2020년 대학 진학률은 72.5퍼센트였다. 서울권 대학 진학자는 전체 학생의 11.6퍼센트에 불과하다. 노동자의 82.9퍼센트는 중소기업 근무자고, 대기업 근무자의 36.5퍼센트는 파견, 용역직이거나 기간제 계약직이다. 그중에는 스타트업을 이끄는 선임 개발자나 숙련 용접공도 있겠지만 대다수는 쉽게 대체될 수 있는 직무를 맡고 있는 데다가 직업적인 보람도 없다.

그러니까 성격과 능력이 평범한 사람, 돈에 쪼들리는 사람, 그래도 어떻게든 삶을 꾸려나가던 사람을 생각해보자. 이 사람은 법률 상담을 해주기보다는 받는 쪽이고, 채무 탕감을 시켜주기보다는 채무 탕감을 기다려야 하는 쪽이다. 하지만 객관적으로 보건대 도움을 받아야 할 만큼 절박하진 않고 직업도 있기 때문에 우선순위가 뒤로 밀린다. 나눌 게 없지만 받을 것도 마땅치 않은 셈이다. 게다가 중소회사의 경리 업무나 공장 제품 검수 작업은 세상의 정의와는 아무 관련이 없는 것처럼 보인다. 그렇다면 이 사람은 세상을 바꾸려는 사람들과 실제로 바뀌어가는 세상 앞에서 어떤 느낌을 받을까? 순수하게 기뻐할 수 있을까?

어떤 사람은 자신의 삶도 충분히 훌륭하다고, 이 시대에 존재할 수 있어 다행이라고 믿는다. 그리고 소소한 기부와 절약에 만족한다. 어떤 사람은 홍보에 나서는 연예인들과 국제기구의 통역가를 바라보며 격차를 느낀다. 도움을 받을 수도, 줄 수도 없이 배경의 부품으로만 존재하는 자신을 발견한다. 그건 마치 거대한 정밀기기의 나사 같은 것이다. 나사 하나가 사라진다면 기계는 조금이나마 삐걱대겠지만, 나사 자체는 언제든지 새로 찾아서 끼워 넣을 수 있다.

이 사회가 모두의 협력을 통해 작동하는 거대한 기계일지라도 나사의 중요성과 반도체의 중요성은 다른 법이다. 그리고 한편으로는, 자신이 반도체일 수 없는 게 불공평하다고 생각한다. 도박 중독자인 아버지에게 시달리느라, 집에 압류 딱지가 붙어서, 학교 폭력을 당해서 삶이 구부러진 것은 자신의 잘못이 아닌데도 결국 남는 것은 별 볼 일 없는 어른이라는 사실이 이상하게 느껴진다.

역사 앞에서조차 들러리로 밀려나는 감각은 P 교수

의 비애와 비슷하지만 훨씬 막막하고 절망적인 것이다. 쓸모 있는 사람이 되고자 하는 마음, 인정받고자 하는 마음은 다정한 관계만으로는 충족될 수 없기 때문이다. 뿐만 아니라 얻지 못하고 붙잡지 못한 것을 다시금 박탈당하는 느낌을 겸허하게 받아들이기는 어렵다··· 이러한 고통에 응답해주는 누군가가 있기를 바라지만 누구도 응답하지 않는다. 사실은 응답을 기대할 수도 없다. 이 모두가 자격지심에 불과하다는 걸, 정의와 도덕의 세계에는 그런 외로움의 자리가 없다는 걸 안다. 그래서 어떤 사람들은 수레바퀴의 반대편을 도피처처럼 바라보게 된다.

"왜 안티훨이 됐냐면, 쓸모없다는 느낌이 제일 컸던 것 같아요. 인정을 못 받는 느낌? 예전엔 아무리 딸배라 욕먹고 다녀도 세금 내고 월세 내면 됐는데 이젠 '하면 좋은 거'랑 아닌 게 확 갈리니까. 게다가 오토바이가, 그, 친환경이 아니잖아요. 배달 다니려면 오토바이 굴려야 하는데. 그럼 난 배달 일로 먹고사는데, 내 존재 자체가 환경에 해로워? 내가 이렇게 사는 게 잘못이야? 게다가 콜도 엄청 줄어들었고. 마음에 안 들어요."

"솔직히 무서워요. 지옥은 가기 싫은데, 제가 구호

단체 같은 데서 일하면 빨간색만 엄청 오를 것 같아요. 일을 너무 못해서. 지금까지 한 것 중에서 잘된 게 하나도 없어요. 일 못하면 뒤에서 욕먹고. 사람들이 다 싫어하고."

"우선순위가 뒤로 밀리는 기분? 지구 반대편에 사는 애들보다 제가 살 만한 건 맞는데, 기분이 묘한 거죠. 내가 남 도울 입장도 아닌데, 그렇다고 해서 도움을 받을 만한 상황도 아니고. 애매하게 끼어서. 저한테 열심히 살았다고 해주는 사람도 없고. 그런데 거기에 억하심정을 가져봤자 여기 말고는 말할 곳이 없으니까…"

"제가 머리가 나쁘거든요. 공부를 놔서 성적도 거의 9등급이었고. 어릴 땐 하도 말귀를 못 알아들어서 엄마가 제발 사고만 치지 말라고 빌었는데. 그런데 아무것도 안 했는데도 초록색이 엄청 높게 잡히더라고요. 거울 볼 때마다 '넌 멍청하니까 배려해줄게'라고 적혀 있는 느낌이에요. 뭐 하셨길래 그렇게 점수가 높으세요, 같은 질문 받으면 할 말도 없고. 이유를 알면 사람들이 속으로 비웃을 거 같고요, 천국 같은 거 잘 모르겠고… 그래서 초록색 줄이는 법 찾다가 이 사람들(안티휠)이랑…"

이런 말들은 쉽게 비웃음을 산다. 안티휠을 놀리는

게 감점 요인이라는 사실이 밝혀진 뒤로는 대부분이 함구하게 되었지만, 어쨌거나 꽤나 많은 사람들이 속으로 그 생각을 하고 있다. 우스움을 뒷받침하는 것은 자기 주제를 알아야 한다는 정서일 것이다. 하지만 타인을 조롱하는 건 선행이 아니고, 열등감이 부끄러운 것이라면 우월감도 부끄러운 것이어야만 한다. 최소한 천국에 가기 위해서는 둘 모두를 버려야 한다. 수레바퀴가 요구하는 것은 타인을 용서하고, 자신의 잘못을 직시하고, 모두에게 도움이 되려 하는 태도이지 다른 무엇이 아니기 때문이다. 뿐만 아니라 옛 기억이 얽힌 문제들은 제3자가 함부로 말을 얹을 수 없는 경우가 대다수다.

"고등학생 때 아빠가 토토 하다가 집에 수도랑 가스가 싹 끊겼어요. 삼촌한테 돈 좀 빌려달라고 했는데 안 주더라고요. 근데 저번에 삼촌 딸이, 그러니까 사촌 언니가, 페이스북에 이상한 글을 써 놓은 거 있죠. 이거, 이거. 〈사회적 기득권이 남을 더 잘 도울 수 있는 구조는 불합리하다〉. 이러면서, 기득권으로서 반성한다고 헛소리를 막 하고. 삼촌이 돈 안 준 게 걔 잘못은 아닌데, 제가 피시방 건물에서 머리 감을 때 걔는 삼수 해서 서울대 갔거든요. 재수가 없잖아요. 홧김에 전화 걸어서 미친년 아니냐고, 반성하고 있으면 나 대학 갈 돈이나 좀 달라고 소리를 막 질렀더니 수레바퀴 점수가 떨어지더라고요. 전화 한 통으로 0.7퍼센트면 엄청 떨어진 거죠. 이게 그렇게 점수 깎일 일인가. 짜증이 확 나서, 아직 사과 안 했어요. 제가 왜 해요."

"예전에 왕따를 당했거든요. 중학교 2학년 때였으니까, 10년 전. 그땐 안 도와줬으면서 지금 와서 남을 도우라는 게 이해가 안 가요. 머리 감겨준다고 우유 붓던 애들, 잘해봤자 못 본 척하던 애들이 이제 와서 사과를 하는데, 다 차단했어요. 그 새끼들이 기부 좀 한다고 천국에 가는 건 좆나 이상한 거 같아요. 다 지옥 가야 하는 새끼들인데. 솔직히 걔네들 죽이는 생각 맨날 했거든요. 근데 이젠 그렇게 죽으면 천국 갈 확률이 높아지잖아요. 미국에서 총기난사 터진 것처럼. 그러니까, 할 수 있는 것도 없으니까 사과 받고 꺼져라? 끝났다고 쳐라? 난 정신병원 계속 다니고 있는데 뭐가 끝난 건데요? 이게 씨발 뭔데요?"

이 모두는 인간이라면 충분히 가질 만한 감정이고, 우리의 삶과도 멀리 떨어지지 않은 것이다. 그리고 충분히 설득의 여지가 있다(한편 동감할 수 없을 만큼 비뚤어진 부류에게도 조롱은 해결책이 되지 않는다). 정부는 이런 사람들을 위해 공익광고를 내보내고, 공공교육 사업을 운영하고, 상담을 지원해준다. 제3세계를 향한 관심에 비하면 규모가 적은 편이지만 민간에서 도움을 구할 수 있는 곳도 많다. 그러나 관건은 적대감으로 가득 찬 사람을 억지로 교육센터 의자에 앉혀놓을 수 없다는 것이다. 스스로 마음을 돌릴 계기가 있어야 한다. 그렇다면 무엇이 계기가 되어줄 수 있을까? 다정함? 희망? 사랑?

뜻밖에도 현실은 조금 다른 방식으로 작동하는 것처럼 보인다. 샌프란시스코에서 수레바퀴의 등장을 환영하고 '옳은 가치들'을 연호하는 행진이 열렸을 때, 웨스트버지니아에서 대대적인 수레바퀴 반대 시위가 열렸을 때를 떠올려보라.

목청을 높여 타인을 헐뜯고 저주하는 사람, 주먹다짐을 벌이는 사람은 어느 진영에 있건 적색 점수를 받았지만 질서 유지를 돕고 타인을 합당하게 대우한 사람에게는 청색 점수가 주어졌다.[31] 그리고 그 자리에 있었다는 사실 자체는 수레바퀴에 어떤 변화도 주지 않았다. 이를 내부 분열을 일으키려는 수작이라 보는 입장도 있지만, 어떤 안티휠은 기계적인 공평함에서 도리어 위안을 얻는다.

"안티휠끼리도 입장이 많이 달라요. 퍼주기식 복지는 공산주의다. 수레바퀴는 빨갱이고 부자들 돈을 강제로 빼앗으려 한다. 수레바퀴는 사탄 마귀다. 이렇게 믿는 사람이 있으면 같이 놀 사람이 필요해서 거기까지 간 사람도 있는 거죠. 보시다시피 제가 청색이 많이 낮은 편인데, 안티휠끼리 모여 있으면 그게 오히려 훈장이 되기도 하니까."

열렬한 안티휠 운동가이자 자유혁명당 당직자였던 L의 말이다. 스물여덟 살인 그는 얼마 전 소속 단체를 떠난 후 직업훈련 과정을 밟고 있다.

"청색 안티휠은 취급이 많이 나빠요. 새빨간 애들끼리도 청색이 확 올라가면 의심하고, 뒤에서 몰래 컨설팅 받는 거 아니냐고 하고. 그래서 일부러 청색 떨어트리는 법도 공유하고 그러죠."

"그런데 올리는 게 어렵지 떨어트리는 건 쉽지 않나요? 말만 잘못해도 내려가는 게 청색인데."

나는 보통 사람들의 인식을 떠올리며 물었다.

"네, 그런데 기준이 많이 까다로우니까요. 안 해보면 잘 모르는 건데, 어지간하면 일부러 떨어트리기도 어려워요. 예를 들어서 '기후위기는 음모론이다'라는 이야기를 친구랑 둘이서 하는 거랑, 서른 명쯤 모아놓고 교육하는 거랑, 책을 내는 거랑 변동량이 다르거든요. 여기서도 영향력이나 능력 같은 걸 보는 거 같아요. 박사까지 땄고 방송에도 나온 사람이 그러면 점수가 엄청 빠르게 내려가는데 평당원은 그게 안 된다 이거죠. 그러면 평당원들 입장에서는, 청색을 깎으려면 정말로 나쁜 짓을 해야 한다, 이렇게 생각이 흘러가는 거고. 하다 보면 스스로가 한심해지고, 남들은 잘 살고 있는데 이러다가 나 혼자 지옥에 떨어질 것 같고, 거울을 안 볼 수도 없고. 문제예요."

"정말로 나쁜 짓을 해야 한다." 나는 그 문장을 되풀이했다. "인터넷에서 싸우는 건요?"

"상대편이 반응을 안 하면 효과가 덜하더라고요. 요새는 커뮤니티 사이트 댓글창이 다 막혔잖아요. SNS도 하는 사람 별로 없고, 반응이 달려봤자 엄청 긴 반박글 몇 개밖에 없으니까 힘이 빠지죠. 싸우려면 상대도 같이 열을 내줘야 하는 건데 보통은 그렇지도 않으니까. 돈이라도 많으면 안티휠 단체에 후원을 하든지 길거리에 석유라도 뿌리고 다니든지 할 텐데, 보통은 낭비하기도 어렵고 주위 사람들을 막 대하기도 쉽지 않으니까… 맞다, 돈. 집에 돈 많은 사람들이랑 아닌 사람들이랑 분위기가 확 갈려요. 깔보는 면이 있죠."

"어떤 점에서 그렇게 느끼셨나요?"

나는 조심스레 물었다.

"생활수준보다는, 정신적인 것들이죠. 어려운 이야기를 하려 해도, 예를 들어서 수레바퀴 비판 같은 것도 '배워야' 할 수 있는 거니까. 책을 억지로 읽어보는데 와닿지도 않아요. 게다가 자기 능력은 생각도 안 하고 남 탓만 한다, 그러니까 가난한 거다, 게으른 사람들 때문에 우리가 피해를 보는 게 맞는 거냐… 이런 얘기를 돈 많은 것들이 하는 거랑 저 같은 인간들이 하는 건 느낌이 많이 다르니까요. 파벌이 나뉠 수밖에 없어요. 집에 돈 많은 애들, 별거 없는 애들, 종교."

L은 교통사고가 났을 때 동료 당직자의 목숨을 구한 일이 계기가 되어 자유혁명당을 떠났다. 첫째로는 구한 사람이 열성 안티휠인데도 청색 점수가 대폭 올라간 데에 놀랐고, 둘째로는 다른 당원들이 그 일을 두고 이야기를 지어내는 데에 질렸다는 것이다.

"자작극 아니냐, 수레바퀴가 분란을 일으키려고 일

부러 네 점수를 올려준 거 아니냐. 이런 이야기도 농담처럼 나오고, 사람들이 슬슬 피하는 게 보이니까 기분이 묘하죠. 죽을 뻔한 게, 하필이면 제가 싫어하는 새끼였거든요. 특별 후원을 억대로 하니까 성질 맞춰준 거지 돈 아니었으면 진작 존나게 팼어요."

"돈 때문에 사람을 구하신 거군요."

"네, 꼭 제가 좋아서라기보다는 당 재정 때문에. 죽게 내버려둘 수도 있었는데 눈 딱 감고 빼냈죠. 그러니까 딱히 착한 일을 한 것도 아닌데. 근데 청색 점수는 올라가고 뒷말은 뒷말대로 나오는 게 미칠 것 같더라고요. 내가 이러려고 저 새끼를 구했나? 일이 도대체 어떻게 돌아가는 거지? 그러다가 정나미가 확 떨어져서 관뒀어요. 지금도 수레바퀴가 좋진 않은데, 인간들보다는 나은 것 같아요. 사람 차별하지도 않고, 소문 퍼뜨리지도 않고, 의견이 다르다고 해서 욕하지도 않으니까… 또, 내가 잘하면 재깍재깍 점수도 올려주니까 나름대로 보람이 있고…"

집단에는 규칙이 존재한다는 사실, 규칙으로부터 엇나간 사람은 미움을 받는다는 사실은 무리동물의 필연처럼 보인다. 수레바퀴는 인류를 무관심한 너그러움으로 대우함으로써 이러한 결함을 뛰어넘으려는 듯하다.

물론 어떤 안티휠들은 그런 태도야말로 수레바퀴의 가장 큰 악덕이라고 주장하기도 한다. 정중함을 무기 삼아, 반대 의견을 보이지조차 않게끔 막는다는 것이다. 반박하지 않는 것, 상대의 결함마저 조롱하지 않는 것은 분명히 최종적인 형태의 무시다.

그러니까, 수레바퀴는 반대파를 존중하는가? 아니면 탄압하는가? 나는 잘 모르겠다. 다만 합목적성이라는 면에서 높은 평가를 내리고 싶을 뿐이다. 만약 수레바퀴가 다툼을 부추기거나 편파적인 판정을 내렸더라면 세상은 훨씬 격렬한 진통을 겪었을 테니 말이다. 수레바퀴 대응센터의 공식 지침에 따르면, '더 사랑하는 것보다는 덜 미워하는 게 중요하다'.

하지만 이런 태도가 반드시 좋은 결과로만 이어지는 것은 아니다. 세상은 넓고 사람도 다양한 만큼, "결국 멀쩡한 사람들이 이상한 사람 참아주고 피해도 봐줘야 한다는 소리잖아요. 그러면 그냥 이상한 사람으로 사는 게 이득 아니에요?"라는 질문이 정확히 들어맞는 케이스가 종종 있기 때문이다.

지옥을 미리 체험하는 방법

천국에 갈 가망이 전혀 없는 사람을 떠올려보라—
대부분은 전형적인 키워드를 읊을 것이다. 강경한 정치
인이나, 인지부조화에 시달리는 사이비 종교인이나, 안
티휠 단체의 수장이나, 뻔뻔한 범죄자 같은 사람 말이
다. 반면 J는 자신을 쾌락주의자로 분류한다.

"난 자기객관화가 잘 되는 편이에요. 스스로가 뭘
원하고 싫어하는지를 확실히 알았죠. 필요하지 않은 건
바로 버렸고요."

올해로 마흔둘이 된 J는 어떤 면에서든 이목을 끄
는 남자다. 키는 180센티가 넘고, 30대 초중반으로 보일
만큼 잘 관리된 외모는 정장과 완벽한 조화를 이룬다.
검정색 레인지로버에서 내리는 모습에 내심 감탄한 뒤
에는 손목을 감싼 파네라이 시계를 보게 되는데, 취향의
일관성에 찬사를 보낼지 경악할지 마음을 정하기 어려
울 지경이다. 그러나 여기에 통합적인 아우라를 부여하
는 것은 다른 무엇이 아니라 정수리 위에 떠오른 새빨간
수레바퀴. 초록색 실선조차 보이지 않는, 완전한 적색.
아름다움과 일말의 가능성을 맞바꾼 사람을 상상한 적
이 있는가? 바로 여기에 있다.

"초록 선이 생길 때마다 지우느라 골치가 아파요. 한 색깔로 딱 떨어져야 예쁜데, 잡티가 들어가면 더럽잖아. 게다가 색이 섞였을 때랑 아닐 때랑 사람들 반응이 미묘하게 다르거든요. 인간들이 덜 거리를 둔다고 해야 하나, 덜 예의를 차린다고 해야 하나. 이게 다 시각적인 효과를 주는 거죠."

J는 그렇게 말하고 쓱 미소지었다. 반어법 이상의, 진심 어린 자부심이 엿보이는 표정이었다. 나는 그렇게 느낄 리가 없다고 예상하면서도 괜한 질문을 던졌다.

"인간관계 면에서 불편을 느끼진 않으십니까?"

"나 인기 많아요. 세상에 지옥 갈 사람이 한둘이 아니거든."

나는 J의 말에 내심 동의하며 그의 이력을 떠올렸다. 사이버도박 업체를 운영했다던가, 알트코인 시세 조작에 가담했다던가 하는 의혹이 있긴 하지만 공식적으로는 조잡한 법인 몇 개의 대표이자 왜인지 모를 이유로 돈이 많은 사람일 뿐이다.

함께 대로변으로 나오자마자 시선이 쏟아졌다. 어떤 행인은 걸어 다니는 독구름이라도 본 듯이 그 자리에 서서 우리가 멀어지기를 기다리기도 했다. 나로서는 이

렇게까지 주목받은 경험이 많지 않아 당혹스럽지만 J는
익숙한 듯 만면에 미소를 띠고 있었다.

"이런 경험 다시 하실 일 없을 테니까, 즐겨요."

"경찰에 신고당한 경험은 없으신지 궁금한데요."

"수레바퀴가 빨갛다고 감옥 보내는 법 없어요. 작가
님도 알면서 그래."

하지만 붉은 수레바퀴를 제하더라도 J를 감옥에 보
낼 이유는 차고 넘치는 것 같다. 무엇보다도 그의 취미
중 하나가 도박 하우스 구경이라는 점에서 그렇다. 한국
에는 17개소의 합법 카지노가 있지만 내국인 출입이 가
능한 곳은 강원랜드 하나뿐이고, 강원랜드는 무기한 영
업 중단 상태다. 한국인 도박꾼에게는 두 가지 선택지가
남은 셈이다. 수레바퀴가 나타난 김에 지난 삶을 반성하
기. 혹은 불법적인 방법을 찾아보기.

"거기 가면 빨간 수레바퀴 구경 실컷 해요. 중독이
라는 게 재미있어서, 도박 자체로는 수레바퀴가 안 떨어
지는데 주위 사람들한테 민폐 끼치면 확 떨어지는 것 같
더라고. 그런데 중독자들 죄다 거짓말로 돈 뜯어내고 친
척한테 행패 부리다가 연 끊기고 그러죠. 예나 지금이나
똑같아요."

"수레바퀴가 있는데도 말입니까?"

"정신 차릴 만한 사람은 수레바퀴 생겼을 때, 강원 랜드 닫았을 때 싹 다 정신 차리고 나갔어요. 지금 와서 까지 하우스 다니는 인간은 아예 끝까지 간 종자고. 보면 수레바퀴가 빨간 것도 빨간 거지만, 죄다 반투명이에요. 제정신이 아니다 이거지."

"그래서 돈에 집착하는 건가요?"

"돈?"

J는 짧게 되묻더니 웃음을 터뜨렸다.

"그 인간들, 돈 벌려고 그러는 거 아니에요. 한참 잃다가 좀 따면 머릿속에서 뭔가 터지는 게 있거든. 폭발한다고 해야 하나. 잃으면 잃는 대로 또 기분이 좋고. 결국 그 느낌 때문에 도박장 다니는 거지 다른 이유 없어요."

수레바퀴가 우리에게 내면을 극복하고 관용에 도달하길 요구한다면 중독은 정반대다. 물질적인 타산이나 주위 사람들의 마음이야 어떻든 간에 내면의 환희만을 좇아가는 것이다. 이 점에서, 중독은 수레바퀴의 경로에 안티휠만큼이나 강력한 방해물이 되고 있다. 도박뿐만이 아니라 술이나 마약에도 공통으로 적용되는 이야기고, 사회적 비용도 크다. 중독자 개개인의 재활에는 직업교육이나 빈곤층 거주 지원 사업보다 더 많은 공력이 들어간다는 점을 떠올려보라.

모든 사람은 각자의 방식으로 소중하다지만 시간과 인력은 제한된 자원이고, 중독자라는 인간 군상은 연민보다는 경멸의 대상이 되어왔다. 그것이 의지와 선택의 문제처럼 보이는 데다가 주변인에게 막대한 피해를 가져오기 때문일 것이다. 세상에는 심신미약이나 어리석음이 양해의 이유가 되지 못하는 잘못들이 있다. 나는 중독자의 처우에 대해 J와 주거니 받거니 이야기를 나누면서 포용의 사각지대를 생각했고, 뒤늦은 깨달음에 이르렀다.

"그나저나 사장님이 원인 제공자 아니신가요?"

"누가 그런 소리를 해요?"

"오랫동안 사이버도박 업체를 운영하셨다는 의혹이 있는데요. 살인범도 수레바퀴가 그렇게까지 붉진 않거든요."

"길에 쓰레기를 많이 버려서 그렇죠. 작가님도 하루에 하나씩만 버려보세요. 금방 나처럼 될걸."

J는 주머니에서 정확히 절반으로 접힌 영수증을

꺼내 도로변에 휙 버렸다. 그때 나는 종이쪽지가 허공을 통과해 아스팔트 바닥에 닿는 찰나에 갇혀서, 소통의 초라함과 인간 존재의 단절이라는 주제를 무한히 곱씹었던 것 같다. 바로 옆에서 걷고 있는데도 완전히 다른 세계에 사는 듯한 사람들이 있다. 나는 헛웃음을 가까스로 삼키고는 이어 물었다.

"질문을 바꿔보죠. 지옥이 두렵진 않으십니까?"

"아는 동생 말버릇이 이거였어요. 사장님, 그러다가 천벌 받아요. 그때는 착한 척하지 말라 그랬는데 진짜 천벌이 왔네. 그러면 받아야지."

J는 고개를 돌려 나와 시선을 맞췄다.

"아까도 말했지만 난 자기객관화가 잘 되는 사람이에요. 내가 지옥에 가야 하는지 천국에 가야 하는지쯤은 분간이 된다는 거죠. 만약 회개해서 착한 일을 한다, 그래서 천국에 간다 쳐봅시다. 그건 작가님이 보기에도 문제가 있죠?"

"그게 사장님의 양심이란 말씀이시죠?"

J는 쾌활한 웃음으로 대답을 갈음했고 나는 딱히 덧붙일 말이 없었다. 기회를 준다는데도 스스로 지옥으로 걸어 들어가겠다는 사람에게, 수치심도 두려움도 없

는 사람에게 무슨 이야기를 해줄 수 있을까?

피해만큼의 징벌을 내림으로써 균형을 맞추는 것을 응보적 정의라 하고, 피해를 복구하고 용서와 반성을 통해 회복으로 나아가는 것을 회복적 정의라 한다. 전자가 피해 사실에 초점을 맞춘다면 후자는 사회의 재건을 목적으로 삼는 셈이다. 수레바퀴는 회복적 정의를 권장하는 동시에 반성하지 않는 악인을 지옥에 보냄으로써 응보적 정의를 구현한다. 그럴듯한 모델이긴 하지만 절차와 제도에는 한계점이 있기 마련이다. J를 보니 그 부분이 명확해진다.

일차적인 징벌은 아직 사법체계의 몫이다. J는 법의 허점을 교묘하게 노렸으니 나와 함께 대로변을 걷고 있는 것일 테고, 누군가가 그를 지옥으로 '일찍' 보낸다면 처단자는 청색 비중이 대폭 깎일 것이다. 수레바퀴가 너그러운 판정을 내릴 가능성도 있지만 잘해봐야 본전인 도박에 명운을 걸 사람은 없다. 결국 J는 디코럼의 목표가 이루어지기 전까지 사치를 누리면서 경악스러운 시선을 즐길 수 있는 것이다.

기한이 얼마나 될까? 20년? 30년? 죽음 이후의 영원에 비하면 지극히 짧은 시간이겠지만 나는 인간이고,

내가 아는 것은 오직 인간의 시간이고, 거기에서 30년은 상당히 길다.

한편 나는 이 땅에 이미 지옥이 틈입했다고도 생각해보았다. 중독자들은 그곳의 포로이며 마약상이나 도박장 주인 같은 사람들이 악마 역할을 맡고 있다고. 수레바퀴는 초월적인 존재들을 이야기하는 대신 말없이 돌아가고만 있는데도 이런 이미지를 떠올리는 것은 상상력 덕분인 듯하다.

하지만 그 힘을 아무리 발휘해보아도 J가 회개하는 미래는 도무지 그려지지 않아서, 나는 J의 수레바퀴를 힐끔 올려다보았다. 문득 머리카락만큼 얇은 실선 하나가 적색 영역에 잠시 얹혔다가 훅 날아갔다.

순간적인 착시일까, 아니면 J도 속으로는 양심의 가책을 느꼈던 걸까? 내가 단언할 일은 아닌 것 같다. J 같은 사람에게도 천국의 가능성이 열려 있다는 사실이 은근한 껄끄러움을 안겨줄 뿐이다(모든 가해자를 사회로부터 영원히 추방할 게 아니라면, 용서와 교화는 중요하다. 수레바퀴는 우리에게 완벽이 아니라 반성하고 성찰하는 태도를 요구한다. 그러나⋯).

수레바퀴에게 구제불능 판결을 받는 경우는 거의

없다.

80억 명 중에서, 아직까지는 하나뿐이다.

규칙에서 허점을 발견하기

여덟 달 전, 하룻밤 만에 세 건의 연쇄살인사건이 일어났다. 피해자에게는 공통점이 있었다.

하나는 그들이 모 공영방송국에서 진행한 토크쇼의 출연진이었다는 점이다. 해당 프로그램은 청색 비중이 9할이 넘는 참여자들이 서로의 삶에 대해 이야기를 나누는 식으로 진행되었다. 실제 사람을 주제로 삼는 방송 프로그램은 여러 문제가 발견되어 사실상 스크린에서 사라졌지만, 수레바퀴 사태 초기에는 그런 영상들이 굉장한 인기를 끌었다. 참여자들은 방송이 종영된 이후에도 사적인 친분을 쌓아왔던 것으로 알려져 있다.

다른 하나는 그들이 아홉 명의 출연진 중에서도 유별나게 '평범한 사람'이었다는 점이다. 초라한 일상 속에서 자신이 할 수 있는 일을 실천한 것만으로도 90퍼센트가 넘는 청색을 얻어냈다는 점에서 셋은 확연히 구분됐다.

그리고 마지막 하나는, 그들이 후퇴하는 청색 영역

으로 인해 불안감을 느꼈다는 점이다. 사건 하루 전, 피해자들이 나눈 메시지는 다음과 같다.

M [17:22] 95.1%. 오늘도 또 0.2%나 떨어졌네요. 아무것도 안 했는데.

M [17:22] 진짜 아무것도 안 했는데 계속 이렇게 떨어질 수 있나? ㅠㅠ.

A [17:25] 저도여~ 아는 사람들 중에서 저만 떨어지고 있음^ㅠ⋯

S [17:37] 근데 저희가 토크쇼 때문에 많이 유명해졌잖아요. 요새 새로 나온 연구 보니까, 영향력이랑 수레바퀴랑 관련이 있다던데 ^_^;; 〈기사 링크〉

M [17:44] 헐

M [17:44] 방송 나가지 말 걸 그랬다⋯.

M [17:45] 지금도 부담스러운데. ㅠㅠ

A [18:03] 요새 이런 생각 많이 해요. 수레바퀴가 실수로 나한테 점수 많이 준 거 아님? 나 별로 잘하는 것도 없는데⋯ 대단한 거 하나도 없는데⋯ㅠㅠ 다들 비슷한 생각이시져?!

한편 가해자인 D는 34세의 수의사로 토크쇼의 다

른 출연자 중 하나였다. D는 저녁 식사 모임에서 안락사용 약물로 다른 셋을 독살한 뒤 자수했다. 카메라 플래시가 사방에서 터지는 가운데, 얼굴을 가리거나 몸을 수그리지도 않고 연행되던 모습은 누구에게나 충격적인 기억으로 남아 있다.

태도의 문제만은 아니다. 하루 만에 91.2퍼센트에서 0퍼센트 미만으로 곤두박질친 수레바퀴를 보면 옛사람들이 신의 징벌을 두려워했던 이유를 이해할 수 있다. 0퍼센트 미만이란 J의 수레바퀴보다 더 낮은 등급이 있다는 것이다. 온통 새까매진 원판과, 먼 곳을 바라보는 눈과, 질문에 대답하는 온화한 목소리.

"더 오래 살았더라면 청색 영역이 훨씬 줄어들었겠지요. 저는 그 사람들이 천국에 가도록 도왔을 뿐이에요."

서울구치소 접견실에서 만난 D는 토크쇼에 출연하던 시절과 변함이 없는 모습이었다. 큰 키에 어울리지 않게 마른 몸을 조금 구부리고 있고, 유독 새까만 눈은 사람을 마주 볼 때도 시선이 맞닿지 않는 느낌이 든다. 그런데도 어조나 태도는 완벽하게 조율되어 있어서 잘 설계된 로봇과 대화를 나누는 듯하다. 파란색 죄수복의

양 가슴팍에는 각각 방 번호와 죄수 번호가 적힌 노란색 명찰이 붙어 있는데, 노란색은 사회적 파장을 일으킨 수감자로서 관심 대상이라는 의미다.

나는 짧은 인사를 나눈 뒤 그 사건에 대한 의견을 다시금 물었다.

"그때는 제가 체면을 차렸죠. 이제라도 솔직히 말씀드리자면, 그냥 예전부터 한 번쯤 해보고 싶었던 일이었어요. 다른 세 분께도 이 방향이 더 좋을 것 같았고요. 전 버킷리스트를 하나 채웠고, 그분들은 천국에 간 거예요. 좋은 일이죠?"

"평소부터 사람을 죽여보고 싶었다, 죽여도 될 것 같아서 했다. 맞나요? 세상이 1년 만에 영화 같은 곳이 된 건 사실이지만… 이건 정말로 영화에나 나올 법한 이야기라는 생각이 드는데요. 악당이 자주 하는 대사죠."

"전 착하고 주변인과 좋은 관계를 유지해요."

"사람을 셋이나 죽이셨잖아요."

D는 고개를 살짝 돌려 어딘가를 바라보았고, 잠시 침묵했다. 나도 함께 시선을 옮겼지만 보이는 것은 접견실의 하얀 벽뿐이었다. 곧이어 단조롭고 평온한 대답이 반복됐다.

"전 온유하고, 더디 화내고, 이타적이고, 앙갚음하지 않고, 사람을 미워하거나 타인에게 피해를 끼친 적이 없어요. 제 수레바퀴는 원래 9할이 넘었는걸요."

수레바퀴는 사회적 규칙을 충실히 따르는 사이코패스들에게 상당한 가점을 준다고 한다. 이는 K 교수(1장에서 소개한, 청색 비중이 99.4퍼센트에 달하는 그 사람이다)의 짐작에 불과하지만, 수레바퀴가 작동하는 방식을 감안하면 꽤나 그럴듯하다. 그 부분을 어떻게 지적해야 할까 고민하는 사이 D의 자기변호가 이어졌다.

D는 세 건의 살인이 완전히 정당하다고 믿는다. 영향력에 비례해서 과업이 증가한다는 가설에 따르면 피해자들의 적색 영역은 지속적인 증가세를 보였을 가능성이 크다는 것이다. 만약 그들이 잘 대처했더라도 최선의 종착지는 천국일 수밖에 없는데, 그렇다면 일찍 천국에 가는 편이 효용 면에서 월등하다. 결국 자신은 수십 년에 달하는 노력과 그동안의 불확실성을 소거해주었을 뿐이라는 것이 D의 입장이다.

수레바퀴의 작동 원리가 밝혀져가는 시점에서 이런 논리는 논파하기 어려운 것이 되었다. 천국과 지옥이, 기나긴 사후 세계가 존재하는 이상 땅에서의 삶은 판결을 위한 시험 기간에 불과하기 때문이다.

"물론 개인의 선택권을 무시하고 일방적으로 행동 했다는 점에서는 정당화가 어렵겠죠. 하지만 실용주의 적으로 접근하면 사람들이 무서워하는 것만큼 나쁜 일 은 아닐 수도 있어요. 전 그냥 남의 지갑에서 돈을 훔친 다음 복권을 대신 사줬을 뿐이니까요. 모두 당첨됐고요. 그러면 그 돈으로 할 수 있었던 일들에 연연할 필요가 있나요? 연어 파테를 먹는다, 전시를 보러 간다, 좋아하 는 음악을 듣는다. 이런 것들은 천국에 비하면 아주 초 라해 보이는걸요."

D는 망설이다가 수줍은 듯 덧붙였다.

"그나저나 저는 천국의 빛에 직접 닿았는데요… 정 말 아름다웠죠. 눈앞이 하얗게 물들면서 갖가지 색상이 번쩍이는 느낌이라고나 할까요…."

나는 D의 호흡이 눈에 띄게 가빠지는 것을 깨닫고 말을 끊었다.

"결과론적이군요. 세상일을 결과만으로 판단할 수 있는 건 아니라지만 천국에 간 건 충분히 좋은 결과고 요. 그렇다면 선생님의 수레바퀴가 새까맣게 변한 이유 는 무엇이라고 생각하십니까?"

"제가 규칙을 망가뜨리고 있기 때문이죠. 틈새로 빠져나가는 사람이 많아질수록 규칙은 힘을 잃기 마련이니까요. 옳고 그름의 문제라기보다는 통치의 문제라고 해야겠네요."

거기까지 말한 D는 갑자기 논제를 틀었다.

"그런데 이렇게 복잡한 규칙을 던져놓고, 제대로 지키지 못했다는 이유만으로 지옥에 보내는 게 합당하다고 생각하시나요?"

'도덕이 무엇이냐'는 질문은 메타윤리학의 유구한 주제였다. 이제 그 질문은 '수레바퀴가 부과하는 규칙들을 도덕의 근거로 간주할 수 있느냐'로 이어진다. 법철학과 윤리학이 다른 것처럼 법체계와 도덕률 또한 다르고, 초월적인 존재라 해서 지선至善하다는 보장은 없다. 무엇보다도 수레바퀴가 제시하는 요건은 인간성을 극복해야 한다는 점에서 비인간적이다. 관용이 좋은 가치임을 부정할 수는 없지만, 미워하지 않는 태도가 중요한 것도 사실이지만, 욕망을 내려놓고 가진 것을 나눌 필요성도 충분하지만 개개인의 실천에는 어려움이 따른다는 것이다. 그건 마치 버릇없는 꼬마에게 윤리학 시험을 치게 만든 다음 낙제점이 나오면 사형을 구형하는 일처럼 느껴진다. 도망칠 방법이 없으니 따를 뿐이다.

"글쎄요, 전 그냥 규칙이 있으니까 지키는 편이라서요. 이렇게 깊이 생각하는 게 아니라."

"음, 그러면 제 생각을 말씀드릴게요. 제가 수레바퀴라면 지옥을 아예 없앴을 거예요. 모두를 천국으로 보내는 거죠."

"이건 또 다른 의미로 놀라운 관점인데요. 잘못한 사람은 벌을 받아야 한다는 게 통념 아닌가요? 단순히 성격이 나쁘다는 이유만으로 지옥에 가는 건 문제가 있지만, 살인 같은 경우는…."

문득 살인이라는 죄목을 명시한 게 D에게는 은근한 공격처럼 느껴졌을지도 모르겠다는 생각이 들었다. 나는 말끝을 흐린 뒤 D의 표정을 살폈다. 입가에는 변함없는 미소가 떠올라 있었다.

"그건 뭐랄까, 통제와 지배에 대한 욕망이라고 생각해요. 가학적이죠. 상대에게 나와 같은 아픔을 준다고 해서 내 상처가 치유되는 건 아닌데도 다들 그걸 바라니까요. 하지만 우주의 관점으로 본다면… 만약 제가 개미집을 관리하게 된다면, 어떤 개미가 다른 개미를 물어 죽였다는 게 큰 문제로 다가올 것 같진 않아요. 전 그 개미들 모두에게 설탕 더미를 나눠주고 싶은 사람이고요."

"아뇨, 선생님이 바로 그 개미 같은데요. 사람을 죽이셨잖아요. 이것까지 부정하시면 안 되는 겁니다."

"전 이타적이고, 앙갚음하지 않고, 사람을 미워하거나 타인에게 피해를 끼친 적이 없어요."

또 그 대답이다. 수레바퀴가 반투명하지 않은 걸 보면 D는 제정신으로, 완벽히 이성적인 상태로 그렇게 믿는 것이다.

내가 말문이 막힌 사이 D는 조용한 반란을 제안했다. 방법은 다음과 같다.

첫째, 대부분은 알지 못할 만큼 은밀한 방식으로 '천국의 인도자'를 모집한다. 이들의 역할은 세계 각지를 돌아다니며 희생자를 찾아 죽이는 것이다.

둘째, 휠데브나 자비의 개발자 재단 등 수레바퀴 추적 애플리케이션 개발사를 통해 수레바퀴 데이터 및 위치 데이터를 얻는다. 이 데이터는 희생자 선별에 쓰인다.

셋째, 청색 영역이 지속적인 증가세에 있는 사람을 추적하여 죽인다. 이러한 죽음은 피해자의 입장에서는 예기치 못한 사고이므로 높은 보정치가 적용될 것이다.

세계는 이렇게 바뀐다

오래도록 고생할 필요 없이, 미래를 앞당겨서 룰렛을 돌릴 수 있는 것이다.

"각국 정부의 협조만 얻으면 이걸 사회계약으로 발전시킬 수 있을 거예요. 검은 수레바퀴를 가진 사람에게 살인 면허를 부여하는 거죠. 이때 살인은 고통을 최소화하는 방식으로 이루어져야 하고요. 정부 관료나 애플리케이션 개발자들은 어쩔 수 없이 지옥으로 떨어지겠지만… 천국의 인도자가 자신을 찾아오기를 꿈꾸면서 건실하게 살아가는 사람이 70억 명쯤 생긴다고 하면, 그 사람들의 수레바퀴도 새까매질까요? 아니면 규칙에서 보정치 항목이 사라질까요? 어떻게 생각하세요?"

나는 잠시 D가 제안한 세계를 상상했다. 길거리 곳곳에서 조용하고 고통 없는 살인이 벌어지고, 피해자들은 천국으로 떠나고, 사람들은 내심 그런 최후를 꿈꾸면서 입밖으로 내지 않는 세계 말이다. 참혹하다기보다는 초현실적인 감각을 가져오는 상상이고, 한편으로는 검은 수레바퀴를 감수할 사람이 충분하지 않다는 사실이 허점처럼 느껴졌다(정부 당국은 물론이고 IT 회사들부터 협조를 거부할 것이다). 그것만 아니라면 정말로 실현 가능성이 있을 듯했다. 미국 성인의 87퍼센트는 텍사스 게이

클럽 총기난사 사건의 피해자들에게 부러움을 느낀 적이 있다고 한다….

"말씀을 듣고 있자니 제 수레바퀴가 먼저 시커메지는 기분인데요."

"그럴듯하죠?"

"아뇨, 아뇨. 청색 영역이 증가세에 있다는 건, 자기 역할을 잘하고 있다는 뜻이죠. 잘하고 있는 사람들을 그렇게 죽이면 기후위기는 누가 해결합니까?"

나는 괜히 반론했다. D는 진심으로 의아하다는 듯 되물었다.

"다들 천국에 가면 기후위기를 걱정할 필요가 없지 않나요? 노력은 어렵고 힘들잖아요. 전 어렵고 힘든 일을 피해갈 방법을 알려주는 것뿐이에요."

"미래 세대는, 우리 자식이나 손자들은 어쩌고요?"

"안 낳으면 되는 일 아닌가요?"

불현듯 이런 문장이 머릿속을 스쳤다.

'법에 불필요해 보이는 조항이 덕지덕지 달려 있는 이유는, 해당 법을 악용한 사례가 있기 때문이다.'

D에게도 똑같은 문장을 적용할 수 있을 듯하다. D는 사람을 셋 죽였고, 도덕적이라고는 말할 수 없지만

기묘한 박애정신의 소유자고, 한편으로는 규칙 악용에 일가견이 있는 사람이다. 수레바퀴가 J에게는 천국의 가능성을 허락할지라도 D에게는 구제불능 판결을 내린 이유가 조금이나마 짐작이 간다. D는 인류에게 해롭기 이전에 수레바퀴에게 해로운 사람이다.

죽음, 소망, 침묵

하지만 옳고 그름을 떠나 솔직히 말하자면, 나 자신은 D의 제안을 솔깃하게 느낀다. 같은 심정인 사람이 꽤나 많으리라고 본다. 비록 수레바퀴가 요구하는 것이 완벽이 아니라 반성하고 성찰하는 태도일지라도, 인간은 자신을 돌아보거나 타인을 용서하는 데에 별다른 소질이 없는 동물이다. 풍족한 건 기분 좋게 나누지만 당연한 것들 앞에서는 물러서지 않으려는 습성도 있다.

뿐만 아니라 버트런드 러셀의 말처럼, "대부분의 사람은 생각을 하느니 차라리 죽는 것을 선택한다". 기후위기와 전 세계적 불평등과 죄인의 재사회화에 대해 고민하는 건 어려운 일이고, 실천은 더더욱 어려우며, 지옥까지의 거리를 수시로 계산하는 삶은 그 자체로 스트레스다.

OTT 서비스의 랭킹은 핏물로 뒤덮여 있다. 다정한 도덕극은 가점을 주지 않기 때문이다. 악인을 단죄하고 선량한 사람이 되는 느낌을 즐기기보다는 나가서 행동하라는 것이 수레바퀴의 의지인 것 같다. 뒤집어서 말하자면, 폭력적인 영화를 많이 본다고 해서 적색 영역이 늘어나진 않는다. 뿐만 아니라 모멸적인 말을 내뱉지 않더라도, 장애인이나 성소수자나 이민자를 멸시하지 않더라도 전기톱으로 사람을 갈라 죽일 수 있다는 것은 수많은 명작 영화를 통해 증명된 진실이다.[32]

모두가 슬래서 무비를 본다. 분노에 찬 절규를 내지르고 총구가 번쩍이고 핏물이 도로변에 흐르고 가끔은 그게 환각 속의 꽃잎이나 폭죽이 되어 새하얀 하늘을 물들이는 장면을 넋 놓고 바라본다. 관객의 정신은 죽이는 사람과 죽어가는 사람에게 절반씩 나뉘어 담긴다. 그런 이야기가 현실로 다가오기를 기대한다. 창작자들 또한 D를 소재로 삼고 싶어 손가락을 꿈지럭대는 중이다. 검은 수레바퀴가 두려워서 그러지 못할 뿐이다. 가장 극단적인 안티휠조차 그 색상을 피하려 한다. 침묵.

이제 사람들은 불경한 감정과 소망을 위해 다이어리와 공책을 사들인다. 블로그의 비밀글 기능은 거의 쓰이지 않는다. 다들 데이터센터에 그런 내용을 저장했다가는 불이익이 오지 않을까 걱정한다. 인공지능 챗봇을 상대로 떠드는 것도 마찬가지다. 반면 손끝으로 만질 수 있는 저주는, 볼펜과 연필로 쓰인 글자들은 납작한 세상에 갇혀 있다. 그게 팔뚝을 타고 기어올라 수레바퀴에 닿을 일은 없어 보인다. 재생지 관련 업계의 반기 성장률은 4퍼센트로, 전 지구적인 역성장 흐름 속에서 확연한 성장세를 보였다. 이 숫자는 분명히 **무언가**를 보여주고 있다….

그러니까, 나는 이 질문으로 3장을 마무리 짓고 4장으로 넘어가려 한다.

이런 세계에서 아이를 기르고 싶으십니까?

4장

이런 장면을 상상해보라.

당신 앞에는 친구와 싸우고 돌아온 열 살짜리 아이가 서 있다. 사건의 선후를 파악하건대 아이가 원인을 제공했다는 점은 명백하다. 당신은 씩씩대는 아이의 마음을 누그러뜨리려 애쓰고 설득을 시도해보기도 한다. 다음 날 친구를 만나면 꼭 사과하라는 권유 또한 건네보지만, 아이는 그런 반응이 못마땅한지 문을 닫고 들어가버린다. 거실에 홀로 남은 당신의 머릿속을 맴도는 것은 아이의 실망한 표정도 아니고, 문이 유독 강하게 닫힐 때의 꽝 소리도 아니고, 공백이다. 정수리 위의 공백.

가치관을 뚜렷이 갖추지 못할 나이의 아이들에게

는 수레바퀴가 나타나지 않는다. 그건 열서너 살 즈음에 서서히 형체를 갖추기 시작해서, 점차 짙은 색으로 변해 가다가, 20대 초반에야 겨우 완성된다. 아직 열 살밖에 되지 않은 아이가 그 두 배의 삶을 상상할 수는 없는 법 이다. 하지만 마흔은 다양한 몰락을 겪고 이해하기에 충 분한 나이고, 당신은 이대로 가다가는 아이가 지옥에 떨 어질지도 모른다는 불안을 느낀다.

화가 많고, 언제나 관심을 갈구하고, 욕심이 많은 성격이 잘못된 양육의 결과인지 천성인지를 생각해본 다. 선조의 핏줄이 자신을 통해 아이에게 닿았으리라 짐 작한다. 마음을 추스리기 위해서는 그렇게 믿어야만 한 다. 천성이라면 청색 가점을 기대할 수 있겠지만, 자신 의 잘못으로 인해 아이가 지옥에 갈 인간으로 자라는 상 황은 상상하고 싶지 않다. 지옥을 걱정해야 하는 것은 아이뿐만이 아니다. 싫어하는 아이를 붙잡아두고 긴 설 교를 이어가는 건 어떤 종류의 죄일까? 노력했지만 실패 하는 건? 그저 내버려두는 건?

당신은 부스스 일어나 거울에 얼굴을 비추어본다. 마른 뺨과 피곤에 찌들어 퀭한 눈 위에는 푸석푸석한 머 리카락이 있고, 다시 그 위에 수레바퀴가 있다. 고액 컨설팅을 받고 있는데도 수레바퀴의 청색 비중은 몇 달째 6할 언저리에 정체되어 있다.

당신은 불현듯 아이를 탓하고 있는 스스로를 발견한다. 아이가 없었더라면 그 시간을 개인적인 봉사 활동에 쓸 수 있었을 것이다. 만약 아이를 돌보더라도 다른 사람들의 아이를 편히 연민했을 것이다. 그 아이가 비뚤어질 기미를 보이더라도 감싸 안을 기회로 생각했을 것이다. 하지만 여기에 있는 것은 당신의 아이고 의무의 대상이다. 존재하지 않을 수 있었던 인간을 품에 안았다는 이유만으로 당연히 짊어져야 하는 의무들이 있다.

무력감이 닥쳐온다. 비혼자와 딩크족들에게 부러움을 느낀다. 차라리 아이가 태어나지 않았더라면 좋았을 거라고 생각한다. 이렇게 생각해서는 안 된다고 생각한다. 어쨌거나 아이가 행복했으면 좋겠다고 생각한다… 생각이 끝없이 이어지다가 그만 어둠 속에 잠겨버린다.

그 상태로 긴 시간이 흐른다. 정신을 차리자마자 거울 속의 수레바퀴가 시야에 들어온다. 급히 휴대폰을 꺼내 정확한 수치를 확인해본다. 청색 비중이 후퇴하지는 않았지만 그 이상의 압박이 당신을 후려갈긴다. 수레바퀴의 시선이, 어디에서 출발하는지는 알 수 없지만 사방에서 몰려오고 또 정신으로까지 틈입해가는 그 눈길이 물리적인 감각으로 변해 몸을 짓누른다. 잠시 가라앉았던 어둠이 재차 밀려와 눈가로 쏟아지는데 목은 간지러운 한편 쓰라리다.

당신은 몸 안팎을 구분 짓는 경계면이 살갗 한 장에 불과하다고 느낀다. 안에서부터 무언가 역동적이고 강력한 것이 뛰쳐나오려는 것을 느낀다. 당신은 고함을 내지르고, 거울 속의 수레바퀴를 향해 휴대폰을 던진다. 손에 잡히는 것이라면 무엇이든 던진다.

쨍그랑 소리와 함께 파편이 비산한다. 조각난 거울은 모서리 부분만이 겨우 제자리를 유지하고, 유리가 뜯겨 나온 뒤의 금속막은 막다른 벽인 듯 어두우며, 당신의 모든 세계는 투명한 파편 속에 있다.

내 아이를 돌볼 사람

창세기에는 생육하고 번성하여 땅에 충만하라고 적혀 있다. 수레바퀴가 기독교의 하느님이 아니라고 의심받는 이유다. 새로운 생명이 태어나는 것은 누구에게도 청색 가점을 안겨다주지 않기 때문이다(물론 "그게 설마 심판의 날에도 번성하라는 소리겠느냐"는 반론 또한 있다).

수레바퀴는 출생을 자전거 타기와 같은 선택 사항으로 간주하는 것처럼 보인다. 혹은 규칙 악용을 방지하려는 의도일 수도 있다. 아이가 태어나는 즉시 부모의 청색 영역이 조금씩 올라가는 세계는 꽤나 끔찍할 거라는 생각이 든다.

어쨌거나 출생과 양육은 선택 사항이다 못해 떨떠름한 일이 됐다. 이유를 나열하자면 크게 세 가지다.

첫째, 35퍼센트 확률로 지옥에 갈 수 있는 존재를 창조하는 건 못할 짓이라는 공감대가 형성됐기 때문이다. 죽음 너머의 종착지가 드러난 이상 탄생은 다른 의미를 지닐 수밖에 없다.

둘째, 부모에게도 수레바퀴는 중차대한 문제이기 때문이다. 무자녀 부부들은 아이에게 쏟을 시간으로 봉사에 매진하거나, 차라리 입양을 택하는 게 낫다고 느낀다. 뿐만 아니라 멀쩡한 사회인이었던 사람이 부모가 되자 아동학대범으로 돌변하는 상황은 의외로 흔하고, 최선의 양육법이 무엇인지는 아직도 의견이 분분하다. 육아는 어려운 만큼 많은 실수를 동반하는 과정이다. 하지 않는 편이 가장 안전하다.

셋째, 미래의 생활수준을 장담할 수 없기 때문이다.

연어 파테를 먹으면서도 10년 뒤, 20년 뒤를 생각하는 시절이다. '언제까지 이런 것들을 즐길 수 있을까?' '이런 것들이 언제 다시 돌아올까?' 당장 누리는 것들을 아이에게 빼앗길까 걱정하는 사람이 있는가 하면 태어나지도 않은 존재의 박탈감을 염려하는 사람이 있다. 둘 중 무엇이든 간에 결론은 아이를 낳지 않는 것이다.

국내 통계에 따르면 지난 한 달간 1만 1천 명의 아기가 첫울음을 터뜨렸다. 작년 동월 대비 53퍼센트가량 감소한 수치다. 충격적인 수치지만 바닥은 아니다. 수레바퀴 사태가 시작된 지는 고작 1년밖에 되지 않았고 기피 풍조는 점점 거세지고 있다. 1년 내로 백 단위의 월별 출생아 통계를 만날 수 있다는 관측에 힘이 실리는 셈이다. 그러니까 이렇게 묘사해보자. 우리는 어느 순간을 기점으로 시간이 완전히 잘려나간 시대에 살게 되었다고. 어쩔 수 없이 존재하는 사람들은 시간과 함께 서서히 사위어가는 중이라고. 음울하지만 조금은 낭만적이다.

하지만 현실에는 멋없고 자질구레한 디테일이 붙기 마련이고, 가끔은 그 디테일이 온전한 전체가 되기도 한다. 이 문제와 관련해서는 국책연구기관인 인구감축

정책연구원이 그 역할을 맡고 있다. 수레바퀴 사태 이전까지는 한국보건사회연구원 산하의 연구실이었다가 분리되어 나와 타 정책연구소 몇몇과 통합된 곳이다. 해당 연구원은 인구 감소의 사회적 파장과 대응 방안을 연구하고, 지방 도시의 소멸을 계획하며, 한편으로는 국가안보전략연구원과도 깊은 관계를 맺고 있다. 인구 계산에서 난민 쿼터를 빼놓을 수 없기 때문이다.

그중에서도 N의 직무는 **인공적 조절**에 따른 인구 감소 예상 추이를 수학적 모델로 표현하고 존엄한 소멸을 상상하는 것이다.

"소멸이 반드시 지방 도시만을 이야기하는 게 아니라는 점을 우선 말씀드리겠습니다. 이 나라 자체가 사라질 수도 있다는 뜻입니다. 지금 당장 50년 뒤를 내다볼 수는 없겠지만 대비해야 할 문제이긴 합니다. 유럽 국가들도 이 부분을 걱정하고 있습니다."

N은 30대 후반이지만 벌써 관자놀이께가 희끗희끗했다. 두꺼운 안경알 너머에서 두 눈이 닫혔다 열리기를 반복하고 있었다. 퀭한 눈가에는 유독 짙은 그림자가 드리워 있어서, 안경알에 언뜻언뜻 비쳐 보이는 형광등과 선명한 대조를 이뤘다. 진흙에 파묻힌 인형의 두 눈만이

날카롭게 번뜩이는 듯했다. 깡마른 손을 꿈지럭대고, 안절부절못하고, 앞니로 입술을 잘근거리는 남자.

"아시다시피… 인공적 조절이란 적극적 안락사의 완곡어법입니다. 65세 이상이면 어디에서든 죽을 수 있게 하자는 제안이죠. 개인에게든 국가에게든 그런 게 필요한 시대가 오고 있습니다."

적극적 안락사 논의는 지난 1년간 급물살을 타서 법제화를 눈앞에 두고 있다. 이 정책의 목적은 지치고 늙은 사람들에게 합법적인 출구를 열어주는 것이다. 사고사와는 달리 보정을 받진 못하겠지만 보정치와 안식을 기꺼이 맞바꿀 만큼 신경이 곤두선 사람들이 한가득이다. 국가적 관점에서도 적극적 안락사는 반드시 필요한 제도가 되었다. 안락사를 위험한 제도로 만들어왔던 가능성들, 즉 가족이 노인의 의지를 거스를 위험은 비교적 사소해졌지만 인구 절벽은 더없이 현실적인 문제이기 때문이다.

"조절을 가하지 않는다면 30년 뒤에는 노인 아홉 명당 청년 한 명입니다. 더 낮아질 수도 있어요. 아이를 낳는 건 그런 일이 됐으니까요. 그럴 바에는, 천국에 갈 만한 사람은 서둘러 떠나는 편이 낫다는 데에 동의하실 겁니다. 인간의 자연 수명은 서른 후반이라고들 하죠. 저도 매달 도수 치료를 받으러 다닙니다. 개인적으로도 삐걱거리는 몸을 애써 고치기보다는 안락한 사후를 즐기는 게 낫다고 봅니다. 빛무리 너머에 정확히 무엇이 있는지는 모르겠지만…"

"하지만 수레바퀴를 돌리는 건 꽤나 불확실한 일 아닌가요? 죽은 시점에야 지옥과 천국행이 갈리는 셈이니까요. 당첨 결과를 최대한 늦게 확인하고 싶은 사람도 많을 것 같은데요."

나는 다른 입장에 대해서도 의견을 구했다. 이 세상에 최대한 오래 남으려는 쪽이다.

"물론 그렇습니다. 단체 이주와 같은 대안이 논의되는 것도 그 때문이고요. 구체적인 합의안은 아직 나오지 않았지만, 큰 방향은 후세대 국가가 전세대 국가로 옮겨 오는 쪽으로 잡혀 있습니다. 인프라 개발은 적당한 수준에서 마치고, 그 사람들을 여기로 불러오자는 겁니다."

연구소는 세계 각국을 전세대 국가와 후세대 국가로 분류한다. 전세대 국가는 미국과 유럽을 위시한 선진국으로서 나눌 의무가 있는 지역이자 급격한 소멸 위기에 처한 지역이다. 반면 대부분은 개발도상국인 후세대 국가의 인구 피라미드는 연령대가 올라갈수록 너비가 좁아지는 형태고, 이후 한 세대가량은 '충분히 젊은 상태'로 남을 전망이다. 덜 세속적인 데다가 전통주의적 태도를 고수하는 경향 또한 있다. 청색 가점이야 어떻든 간에 아이를 낳아 기르는 것이 그 자체로 세상에 필요한 일이라 믿는 사람이 비교적 많다는 의미다.

환경이나 효율성 면에서 단체 이주 및 정착은 큰 지지를 받고 있다. 현대적 개발은 그 자체로 환경 파괴와 이산화탄소 배출을 촉발하거니와, 선진국의 지방자치단체들은 빠르게 소멸해가고 있기 때문이다. 지구 저편에는 사람이 있고 여기에는 빈 건물이 있다면 계산은 끝난 셈이다. 게토화·사회계층화 문제나 문화적·종교적 차이, 그리고 국내의 지역 차별 등이 선결 과제로 거론되기도 하지만 수레바퀴의 의지에 비하면 부차적이다.

전세대 국가는 지닌 것을 모두 나눈 다음 소멸할 것이고, 후세대 국가의 사람들은 죽어가는 것과 번창하는 것을 함께 돌보면서 그 뒤를 따라 저물어갈 것이다. 노인, 누구도 살지 않고 때로는 물에 잠기는 고층 건물들, 수명이 다한 원자로, 땅속 깊숙이 파묻히는 방사성 폐기물, 이산화탄소, 불타오르는 들판과 고사하는 삼림, 그럼에도 새로이 번창하는 야생종들….

이러한 전망은 황폐한 동시에 희망찬 것이다. 아직은 어떤 나라도 준비되지 않았기 때문이다.

반군의 수장이 죽었을지라도 민족 간의 골은 쉽게 메워지지 않고, 다른 나라의 국정에 너무 깊이 개입하는 것은 식민 지배의 재림일 수도 있다. 반군 세력이 안티휠로 돌아서면서 항전에 나선 사례도 있다. 군 관련자들은 불필요한 군사작전을 최소화해야 한다고 말하면서도 갈등을 내심 반기는 모양새다. 방위산업체는 말할 것도 없다.

"협의 절차를 생략하는 건 어떤가 하는 의견이 나오기도 합니다. 특히 정부가 제 기능을 하지 못하는 지역 일부는…."

N은 말을 멈추고 눈치를 살피듯 나를 힐끔거렸다. 반론을 예상하는 모양새였다.

"지금 하신 말씀은 강제 이주의 완곡어법처럼 들리는데요. 굉장히 위험한 발상 아닌가요? 전세대 국가들이 후세대 국가 사람들을 다루는 방식이, 뭐랄까, 도구적이라는 지적도 많습니다. 사람을 사람으로 대우한다기보다는 청색 영역 생각만 한다는 거죠. 그 점에서 제3세계

사람들은 여전히 식민지 신세라고요."

"이 일에서 도구가 되지 않으려는 게 가능하기나 합니까? 수레바퀴의 요구에 응하지 않으면 지옥에 보내겠다는 게 동의가 가능한 조건이냐는 겁니다. 이게 동의라면 무장 강도한테 돈을 내어주는 것도 합의고 동의인 셈이에요."

"수레바퀴가 우리 모두를 수단으로 대우하고 있다는 말씀이시군요. 전세대 국가니 후세대 국가니 따지기 이전에."

"기후위기 대책과 전 지구적 재분배를 위한 도구죠. 말은 참 거창하고 좋군… 결국 우리는 모두 가난하게 죽을 테고 아이도 태어나지 않겠지만 말입니다… 이럴 바에는 핵폭탄이라도 하나 터뜨려서 다 같이 죽는 게 빠르고 편할 텐데요…."

N은 냉소적인 태도로 중얼거리더니 키들키들 웃기 시작했다. 나는 대화의 흐름을 가다듬을 필요성을 느꼈다.

"하던 이야기로 돌아가시죠."

"하여간, 그런 안건이 있다는 겁니다. 솔직히 말씀드리자면 이 문제는 어떻든 간에 골칫덩어리입니다. 우리 입장에서는 북한 문제도 있고, 기존 다문화 정책을 처음부터 다시 쌓아 올려야 해요. 무엇보다도 저쪽 사람들은 베트남이나 말레이시아, 이런 나라들과는 사고방식이나 문화가 다르단 말입니다. 동남아 국가들은 최소한 아시아 문화권이고, 평균 연령이 낮으면서도 꽤나 산업화되어 있죠… 물에 잠긴다거나 하는 게 아니라면 다른 나라로 이주할 이유도 없겠지만… 투발루가 가라앉고 있는 것처럼…."

나는 N의 표정에 순간적인 기쁨이 반짝이는 것을 포착했다.

"네, 물에 잠긴다거나 하는 게 아니라면요. 혹시 그런 미래를 기대하시는 건 아니겠죠?"

"글쎄요, 문화란 중요합니다… 호주와 뉴질랜드는 남태평양의 기후난민 쿼터를 독점하고 있죠…."

독점이라. 그 단어를 여기에 써도 되는 걸까? 수많은 국가들이 난민을 서로에게 떠넘기던 과거가 떠오르더니 N의 책상 한구석에 놓인 액자 두 개가 눈길을 붙들었다.

오른편의 액자는 여자아이의 사진 아래에 이름과 국적, 그리고 발달 환경을 적어놓고 있었다. 복지재단(디코럼과 연계된 곳이다)의 마크가 붙어 있는 걸 보면 1대 1

결연을 맺은 모양이었다. 비록 결연은 포괄적인 기부보다 덜 효과적이지만, 인간은 통계상의 수치보다도 내러티브에 더 이끌리는 경향이 있다. **인식 가능한 피해자 효과**Identifiable victim effect라 불리는 현상이자 수레바퀴 컨설턴트들이 결연을 권장하는 이유다. 지구 반대편에 또 다른 아들딸이 있다면, 자신의 상실이 그 아이에게는 축복이 된다면 거부감을 누그러뜨릴 수 있으리라는 것이다.

반면 왼편에 놓인 것은 반바지 수영복을 입은 채 환히 웃는 소년의 사진, 진짜 아들의 사진이었다. 대여섯 살쯤 돼 보였다. 바다와 하늘이 거의 구분되지 않는 색으로 찬란하게 빛났고, 구름은 허공에 이는 물거품처럼 유유히 떠가고 있었다. 모래사장은 최고급 상아를 갈아 흩뿌린 듯한 유백색이었다. 어디일까? 몰디브?

생각에 잠겨 있던 나는 N 또한 그 사진들을 빤히 바라보고 있음을 깨닫고 고개를 되돌렸다. N의 시선이 나를 바짝 뒤쫓아오더니 연구원의 표정이 아버지의 것으로 변했다.

"아들입니다. 올해로 여섯 살이 됐죠."

"한창 귀여울 나이군요."

"말썽을 많이 부리긴 하지만, 예, 귀엽지요… 무엇이

든 해주고 싶을 만큼… 그러니까 잠시 아버지의 입장에서 말씀드려도 되겠습니까?"

나는 무슨 말을 해야 할지 몰랐다. 그 침묵을 허락으로 여겼는지 N은 진솔한 속마음을 쏟아내기 시작했다.

"저 애가 앞으로 어떤 나라에서 자라게 될지 걱정스럽습니다. 이런저런 문제가 해결된 다음부터는 웬만큼 풍족하게 살 수도 있다지만, 인간사가 그렇게 순탄히 흐르던가요. 단순히 생활수준만을 논하자는 게 아니에요. 분위기가 심각하다 이겁니다. 안락사 부스가 시체로 가득 차고 길거리는 텅텅 비어버리든, 아니면 한국말도 통하지 않는 외국인들이 우글거리게 되든 말입니다. 한국인들이 다른 대륙으로 이주하게 될 수도 있겠죠… 국경이 사라지고 장벽이 사라진다지만 그건 꿈꾸는 소리에 불과합니다. 지금 아이를 낳는 사람들은 문화적으로 완전히 다른 부류입니다. 결코 한국인이 될 수 없는 사람들이란 말입니다. 우리 애는 한국인이고요. 저 애가 그런 세상에서 어떤 취급을 받을지 상상조차 하고 싶지 않습니다."

"정말로 위험한 발언을 하고 계시는데요."

나는 그렇게 말하면서 N의 수레바퀴를 힐끔 올려

다보았다. N은 나를 빤히 바라보았고, 어깨를 떨다가, 입술을 꾹 깨물었다. 축축한 눈동자가 깨진 유리알처럼 날카롭게 번뜩였다. 이윽고 울부짖음에 가까운 외침이 내 앞에서 총성처럼 터졌다.

"압니다!"

그 소리와 함께 N의 청색 영역이 아주 미세하게 후퇴했다.

"저 사진은 작년에, 투발루에서 찍은 겁니다. 투발루는 가라앉고 있죠. 하지만 우리는 즐거운 휴가를 보냈습니다. 아들은 항상 작년 여름 이야기를 합니다. 올해가 어렵다면 내년에라도 다시 가보자고 합니다. 아이에게 그런 휴가를 즐길 일은 앞으로 없다고, 좋은 시간들은 이제 끝났다고 어떻게 말할 수 있을까요? 아이는 자라니까, 다섯 살은 열다섯 살이 되고 스물다섯 살이 될 테니까 스스로 이해하게 내버려두면 되는 일일까요?"

"그게 바로 수레바퀴의 뜻 아닌가요?"

"저는 그러고 싶지 않습니다. 아들이 아름다운 추억과 함께 자라서 안락한 삶을 살길 바란단 말입니다. 최소한 꿈이라도 꿀 수 있기를 바랍니다…. 결연 아동을 사랑하고, 언어조차 모르는 나라를 사랑하고, 죄인들을 사랑해야 한다면 내 아이는 누가 돌보죠? 내가 유일하게 헌신할 수 있는, 부모의 사랑을, 오직 부모만 줄 수 있는 사랑을 남에게 빼앗기고 있는, 모든 것을 잃어버릴 내 아이요! 끔찍한 시대입니다! 사랑할 줄 아는 사람이라면, 심장에 따뜻한 피가 흐르는 사람이라면 반박할 수 없을 겁니다!"

나는 N의 말에 비약이 섞여 있다고 느꼈지만 곧바로 반박하진 않았다. 대신 사랑이라는 것을 생각하느라 바빴다. 사랑이란 공평한 박애나 연민과는 다르며 우호성과도 구별되는 것이다. 그것은 무언가를 다른 것 위에 세우는 일이고 더 중요한 것과 덜 중요한 것을 나누는 일이다. 그렇지 않은 사랑, 온전한 전체를 향한 사랑은 차라리 무관심의 형상을 갖출 것이다.

나는 수레바퀴의 태도와 D의 제안을 생각했다. 그들의 태도는 분명 비인간적이지만… 인류 전체의 복지를 계산한다면… 행복과 옳음의 총합… 합리적이거나 합당한 것들….

나는 깊은 생각에 잠겼다. 그러는 동안 N은 침묵을 지켰다. 그 침묵이 깨진 것은 시간이 한참이나 흐른 뒤였다.

"예전처럼 풍족한 삶을 즐기고 싶으니 수레바퀴가 싫다고 말한다면, 저는 무책임하고 이기적인 안티휠로 분류될 겁니다. 근시안적이라는 소리를 듣겠죠. 그런데 주어가 자식으로 바뀌면 따뜻한 피가 흐르는 사람이 되는 건, 논리적으로 이상하지 않을까요? 내가 더 많이 누리는 것과 내 자식이 더 많이 누리는 건 본질적으로 같은 일이라고 생각하는데요. 이기주의의 일종이죠."

N이 나를 빤히 노려보았다. 울음을 참으려 애쓰는 것처럼 보이기도 했다.

"작가님은 자식이 없으시지요?"

"없습니다."

"인간은 냉혈동물이 아닙니다. 선택할 수 있는 문제가 아니라는 겁니다. 저는 수레바퀴가 끔찍한 악마라고, 신보다는 악마에 훨씬 가까울 거라고 생각합니다. 지옥이 두려워서, 주변인들의 시선이 두려워서 따를 뿐입니다…."

이번에는 청색 영역이 반응하지 않았다.

N은 숨죽여 흐느꼈고, 나는 웃는 소년의 사진을 바라보며 생각에 잠겼다. 수레바퀴가 출생에 가점을 주지 않는 이유를 어렴풋이 알 듯했다.

*** *

유전자에는 생육하고 번성하여 땅에 충만할 방법이 적혀 있다. 함께하는 동족 개체에게 각별한 감정을 느끼지 않는 무리동물, 모르는 이와 친한 이를 공평하게 대우하는 무리동물은 오래 살 수도 자손을 남길 수도 없을 것이다.

부모는 어쩔 수 없이 아이를 사랑한다. 사랑하는 사람은 다음 세대의 미래와, 한 국가의 미래와, 아이의 미래를 결코 같게 느끼지 않는다. 컬럼비아대학의 철학 교수 스티븐 아스마는 어느 윤리학 토론회에서 이렇게 말했다고 한다.

"여기 있는 모든 사람의 목을 졸라야 제 아들의 목숨을 살릴 수 있다면, 저는 기꺼이 그렇게 할 겁니다."[33]

따뜻한 피란 그런 것이고, 가계도의 줄기에는 물질적인 욕망과 인간적인 마음이 맞닿아 흐른다. 우리의 어버이에게서 우리에게로, 다시 아이들에게로, 아이들의 아이들에게로, 미래로.

그리고, 미래

지난 11월, 어느 안티휠 만화가가 수레바퀴를 조롱하는 한 컷짜리 만평을 발표했다. 수레바퀴는 악당이 지을 법한 미소와 함께 이런 말풍선을 드리운다.

"내가 바라는 것은… 어느 누구도 금지를 가지지 않는 것, 자신이 좋은 사람이라 믿지 않고 어느 무엇에도 확신을 가지지 못하는 것, 사랑과 따스함이 아니라 원칙과 계산에 따라 행동하는 것, 가족을 내버리고 세상을 고민하는 것, 더디 기뻐하고 분노를 참고 돌처럼 무감각한 것, 더 적은 것을 누리고 거기에 만족하는 것, 너희를 이 땅에서 치워버리는 것."

그런데 나열된 요건들은 악의적인 왜곡이기 이전에 건조한 사실이라서, 받아들이는 사람의 가치관만을 보여주는 듯하다. 스스로의 의견에 확신을 가지지 않고 항상 회의하는 것은 나쁜 일인가? 공정한 원리에 입각해 행동하는 것은 나쁜가? 얼굴 모르는 사람들을, 불행의 숫자를 눈앞의 가족과 동등하게 대우하는 것은 나쁜가? 감정적으로 초탈하는 것은 나쁜가? 물질적으로 검소한 것은 나쁜가? 인간이 모두 천국으로 떠나는 것은 나쁜가?

나쁘다라는 서술은 특정한 가치 체계 속에서만 정확한 의미를 지닌다. 여기에서는 정의의 체계와 개인적인 만족감의 체계로 구분할 수 있을 것이다. 세계는 분명히 내가 만족하기 어려운 방향으로 바뀌어가고 있지만, 정의의 문제라면 반대할 이유가 부족해 보인다. 그런데도 사람들은 만족스러운 것과 옳은 것을 곧잘 혼동한다. N과 같은 부모들은 말할 것도 없고 아이들 또한 그렇다. 그들의 사회에서는 어른의 모습이 노골적으로 반복된다.

어떤 아이는 메신저 프로필 사진을 안티휠 심볼로 설정해둔다. 그리고 일찍 태어난 사람들은 누릴 걸 모두 누렸는데, 해외여행을 가고 비싼 전자기기와 명품을 사고 오마카세를 다녔는데 자신들은 그러지 못하는 게 불공평하다고 외친다. 세계를 이렇게 만든 어른들에게 분노를 쏟아낸다. 처음부터 잘했더라면 수레바퀴가 나타날 일도 없지 않았겠느냐고 말한다. 앞으로 누릴 수 있었을 것, 하지만 지금 당장은 부러워할 수밖에 없었던 것들이 눈앞에서 부스러지는 감각은 평범한 상실감과는 사뭇 다른 것이다.

그 반대편에는 뛰어난 사람이 되기를 거부하는 아

이가 있다. 재벌과 정치가들은 수레바퀴가 나타났을 때 이미 세계의 꼭대기에 올라 있었지만 청소년에게는 선택권이 남아 있다. 최대한 무능하게 자라는 것, 소소한 실천만으로도 천국에 갈 수 있도록 자신을 연마하는 것은 새로운 유행이 되었다. D가 제안한 반란보다는 온건한 형태일지라도, 이것 또한 어떤 면에서는 반란이다. 성공할 수 있을까? 밝혀지지 않은 페널티가 따로 있지 않을까? 만약 성공하더라도, 그걸 정말로 성공이라 부를 수 있을까?

나는 모른다. 그 심정을 겨우 짐작할 뿐이다. 내가 자란 20세기는 지금에 비하면 야만의 시대였지만 무언가 좋아진다는 느낌이, 우리가 세상을 바꾸어간다는 믿음이 있었다. 과학자가 되고 대통령이 되겠다고 말할 수 있었다. 반면 지금의 청소년들은 시대의 죽음을 바라보고 있다….

N과의 인터뷰를 마치고 인구감축정책연구원 건물을 나서자 오후 다섯 시였다. 근처 정류장까지 걸은 다음 가장 먼저 도착한 버스를 탔다. 조용하고 깨끗한 거리가 창밖으로 흐르다가 번화가로, 주택가로, 다시 그 뒤편으로 접어들었다.

나는 무작정 내렸다. 1990년대에 지어졌고 곳곳에 물때가 낀 공립고등학교 건물이 칠한 지 얼마 되지 않은 흰색 울타리 뒤편에 서 있었다. 울타리를 따라 자라는 장미 덤불은 관리가 거의 되지 않아 꽃은 없고 가시만 뾰족뾰족 돋은 형태였다. 운동장 둘레에 마련된 스탠드에 남학생들이 모여 있었다. 축구 시합을 마치고 몇몇이 남은 모양이었다.

가까이 다가가 수레바퀴에 대해 어떻게 생각하느냐고 물었다. 태블릿을 꺼내 작업물 일부를(이 글의 두어 페이지 정도를) 보여주자 아이들은 경계심을 내려놓고 잘 대답해주었다.

"유튜버들이 영상 많이 지웠잖아요. 엄마가 휴대폰 내려놓고 책이라도 읽으라고 잔소리를 하도 했는데, 이젠 진짜 강제로 책만 보게 생겼어요."

"얘 인터뷰라고 거짓말하는 거예요. 저번에 반 TV에 휴대폰 연결해서 막장 유튜브 틀어놨거든요. 맨날 그거 봐요. 수레바퀴 관리 절대 안 하고 이상한 짓만 하는 사람들 있잖아요. 미친 거 같아서 재밌대요."

"맞아. 너 그러다가 진짜 지옥 간다."

"야!"

"전 그냥⋯ 게임에서 채팅창 막히니까 좋아요. 예전에, 채팅창 있을 땐 맨날 못하는 애들한테 욕하다가 정지당해서 얘네들 계정 빌려 쓰고 그랬거든요. 근데 아예 말을 칠 수가 없게 돼서, 오히려 침착해지더라고요. 게임 실력도 늘고. 얼마 전에 다이아 찍었어요. 원래 플레였는데. 그러다 보니까 현실에서도 내 말이나 태도 같은 걸 점검하게 되고⋯ 많이 도움이 된 거 같아요. 전 수레바퀴 좋아요."

"이건 진짜. 얘는 학교에서도 욕 거의 안 해요."

"맞다, 그리고 왕따 많이 줄었어요. 우리 반 일은 아닌데 작년에 다른 반에 학폭 있었던 거 수레바퀴로 잡았거든요. 반투명해도 이 나이 되면 대충 보이잖아요, 누가 빨간지. 엄마들이 걔네들한테 학교에서 뭐 하고 다니길래 수레바퀴가 그러냐고 엄청 닦달했나 봐요. 애들도 지옥 가는 거 무서우니까 솔직히 말하고."

대답은 대체로 긍정적이었다. 통계상으로도 청소년은 성인에 비해 낮은 불안을 느낀다. 수레바퀴가 아직 구체적인 수치를 보여주지 않으니 행동을 일일이 점검할 필요가 없는 것이다. 미생물학자는 대체로 결벽증에 시달리지만 보통 사람은 잔디밭에서 피크닉을 즐기는 것처럼, 적당한 무지는 평안을 가져다준다.

그러니 이번에는 더욱 와닿는 주제를 물어볼 차례다. 장래희망과 진로다.

"이건 잘 모르겠어요. 어른들도 잘 모르는 거 같던데. 그래도 일단… 영어를 잘해야겠다?"

"지금 많이 놀아둬야 한다고 주말마다 어디 놀러 가는 애들 보면 부럽고 신기해요. 그러니까, 환경오염도 안 되고 다른 문제 없는 곳으로 간다고 하는데 그런 걸 어떻게 구분하지? 이런 느낌. 다 컨설팅 받아서 가는 거래요. 여행은 가고 싶은데 막 가면 점수 떨어질 수도 있으니까. 결국 편하게 놀려면 집에 돈 많아야 하는 거죠."

"그래도 걔네들은 해야 하는 거 많잖아. 우린 그냥 싸우지만 않아도 65퍼센트 먹고 들어가는 건데."

"야, 그래도. 어차피 나중 가면 다 같이 힘들 텐데 지금 놀아두는 게 낫지."

"아이스크림 못 먹게 될 수도 있대요. 그래서 지금 많이 먹어두려는데, 솔직히 좀 그렇죠. 진짜 애매하게 태어난 거 같아요. 조선시대에 태어났으면 이런 걱정 아예 안 하고 죽었을 거고, 지금 살아 있는 어른들은 할 거 다 하면서 살았잖아요. 저 버킷리스트 중에 그거 있었거

세계는 이렇게 바뀐다

든요. 유럽 배낭여행."

"외국어만 잘하면 대기업에서 국제단체 파견 보내 준대. 빨리 독일어 배워. 프랑스어나."

"관광이랑 일하러 가는 거랑 다르지. 지금 이 분위기에 관광이 되겠냐고. 맛집도 많이 닫았잖아. 나 프랑스 음식 꼭 먹어보고 싶었는데. 진짜 프랑스 음식."

"돈도 안 벌어봤는데 돈만 벌면 됐던 시절이 벌써 그립다, 이렇게 정리하고 싶어요. 예전엔 돈만 잘 벌면 하고 싶은 건 다 하고 살았으니까. 공부 잘해서 돈 많이 벌고, 돈 많이 벌어서 잘 살고."

"전 솔직히 공부하기 싫어요. 그렇다고 해서 노는 게 재밌지도 않고. 왜 살아 있는 건지 모르겠어요. 그냥 수능 생각만 했을 때가 나았던 것 같기도 해요. 대학 가서 2학년까진 놀아도 된다, 이게 거짓말인 거 알고는 있어도 괜히 안심되잖아요. 근데 이젠 완전히 달라졌으니까."

"얘 모의고사에서 죄다 1 나왔어요. 어차피 의대 쓸 거면서 저런 소리 하는 거예요. 순서가 있었는데. 의치한약수. 평소 실력대로 나오면 의대. 망해도 수의대."

의대, 치대, 한의대, 약대, 수의대. 작년 여름까지만 해도 상위권 고등학생들은 그 다섯 어절을 주문처럼 읊고 다녔다. 적성이야 어떻든 간에 전문직 명함만 따면 된다는 믿음이 유효하던 시절이었다. 그 믿음은 입시 결과의 대격변과 함께 완전히 무너졌다. 작년 정시에서는 이과 상위권에서 공과대학과 의과대학의 컷이 마구잡이로 뒤섞인 것이다(문과 상위권에서는 사회학이 경제경영을 누르고 선호과에 올라서는 기염을 토했다).

그렇다면 상위권 학생들은 어떻게 느낄까? 전문직만이 아니라 다른 가능성도 열려 있으니 불안이 덜할까? 어느 정도는 그렇고 어느 정도는 아니다. 가지 않은 길이 보이면 사람은 쉽게 후회하고 쉽게 불만족한다.

"나 그게 제일 고민이야. 삼촌이 그러는데 탄소포집 연구가 의료 연구나 봉사보다 초록색 더 주는 거 같대. 삼촌 교수거든. 아니면 생태나 기후. 데이터 분석이랑 모델링도 쓸 데 많고…."

"근데 대학원 가는 건 한참 나중이잖아. 그사이에 기술 개발되면 어떻게 하려고?"

"전문의도 기본 10년이거든."

"맞다, 우리 반에 의대 써도 되는 애 하나 더 있는데 갠 진짜 안티휠이에요. 시위도 갔대요. 맨날 학교에서 이상한 거 읽고. 작년엔 걔가 다른 애들 엄청 무시했는데, 이젠 그러면 안 되니까 충격받은 거 같아요. 걔 보고 이 생각 했어요. 난 8등급이라서 다행이다!"

"멍청한 게 자랑이냐?"

"자랑인데? 난 너처럼 대학원 안 가도 되는데? 아무 일이나 하면서 평범하게 자원봉사 다닐 건데?"

"너 그러다가 제일 먼저 안락사당한다. 내가 꼭 의대 가서 안락사 시켜줄게."

안락사 이야기를 들은 학생이 웃음을 터뜨렸다. 험한 농담을 인사말처럼 건넬 나이다.

"야, 이거 빨간색 맞지? 이거 빨간색 발언 맞지?"

"신경 쓰지 마세요. 쟤네들 친해서 저러는 거예요. 8등급이 맨날 자기 안락사 시켜달라고 징징거리고 놀거든요. 쟤가 우리 반에서 제일 말 많아요. 뭐 해야 할지 모르겠다고."

성적 구간이 어떻든 간에 학생들은 각자의 불안을 안고 있었다. 대화를 나눈 장소가 운동장 한구석이 아니라 1대 1 미팅룸이었더라면 훨씬 솔직한 대답을 듣게 되었을지도 모른다.

어쨌거나 이런저런 이야기를 나누다 보니 여섯 시

가 넘었고, 학생들은 갈 시간이라며 일어섰다. 홀로 남고서야 서른 발짝 떨어진 곳에서 서성거리는 여학생이 시야에 들어왔다. 줄곧 말 붙일 기회를 노렸던 것처럼 나를 빤히 바라보고 있었다. 학생이 짧은 침묵을 성큼 딛고 다가와 물었다.

"기자예요?"

"르포 작가지."

"쟤네들이랑 얘기한 거, 인터뷰죠?"

"그럼."

"그러면 제 얘기도 써주실 수 있어요?"

나는 그러겠다고 했다. 학생은 자기 이야기를 했다. 아버지가 때리지 않아서 좋다고, 도와주려는 사람들이 갑자기 늘어나서 좋다고, 엄마가 생계 걱정을 멈추고 이혼을 결심해서 정말 좋다고 했다. 그러니까 이 상황에 불만 가진 사람들만 있진 않을 거라고, 사실은 좋아하는 사람이 더 많을 거라고, 어떤 사람들의 세계는 수레바퀴가 나타나기 전에도 그 이전의 방식으로 끔찍했다고 했다. 그리고 그 입장에서 지금의 끔찍함은 느껴지지도 않거니와 궁금하지도 않다고 했다. 자신은 죽은 다음 지옥에 갈 수도 있겠지만 이 세상은 원래부터 지옥이었다고,

학생은 말했다.

　말이 끝나자마자 학생은 빠르게 달려 나갔다. 나는 그 애가 도망치는 가젤처럼 경중경중 뛰다가 운동장 중간쯤에서부터 지친 듯 뚝 느려지는 모습을 지켜보았다. 마치 진득한 늪을 헤쳐 나가는 듯했다. 그러다가 다시 절반의 절반 거리가 지나서 걸음에 생기가 되돌아왔고, **시간이 살짝 빠르게 흐른다.**

＊＊＊

　학생의 뒷모습이 점차 작아지다가 완전히 사라진 뒤에도 나는 그대로 운동장 가장자리에 멈춰 있다. 그러는 동안 어떤 세계에 대한 상상들이 아직 오지 않은 시간의 앞자락처럼 나를 감싼다.

　한 세기 전에 어떤 경제학자가 전망하길, 한 세기 뒤에는 핵심적인 욕구들, 예컨대 굶주림이라거나 추위나 자율성 따위가 대체로 해결되고 상대적인 욕구만이 남을 것이라고 했다. 타인보다 더 우월하고 현명하고 아름다워지려는 욕망 따위는 끝이 없다지만, 핵심적인 욕구가 해결되는 것만으로도 세상은 훨씬 좋은 곳이 될 거라고 했다. 20세기 초에 말년을 보낸 사람이 바라보기에는 그랬다. 한편 그 사람은 부를 향한 갈증이 사라지면 돈을 사랑하는 마음 또한 병리적인 것으로 여겨지리라고 보았다.[34] 혜안 있던 과거인들이 으레 그렇듯이, 그 사람은 절반쯤 옳고 절반쯤 틀렸다….

…행복이란 절댓값을 뛰어넘은 지점부터는 순전히 낙차라서 귀족으로 전락한 왕은 괴로움에 떨지만 평민이었다가 귀족이 된 사람은 기쁨을 얻지, 인간인 채로 지옥에서 목마르거나 인간을 벗어나 빛이 되는 생명들, 어떤 사람은 괴로워하고 어떤 사람은 평온을 얻는데 그 무엇도 신경 쓰지 않고 서로를 합당하게 대우할 사람들만 남아서 다시 번성할 때, 혹은 모두가 인간성의 굴레에 짓눌리고 그 위에 다시 흙이 쌓일 때, 혹은 모두가 천국으로 떠나고 이 땅에 정온한 종말이 드리울 때, 언젠가 먼 미래에 다른 지성체가 나타났을 때 그들의 머리에도 수레바퀴가 떠올라 있을까, 혹은 군집을 이룬 개호 로봇들, 지성을 얻은 산업용 팔의 머리 위에도 수레바퀴가 있을까(머리라면 어디?), 마지막 인간에게는 수레바퀴가 무슨 의미를 지닐까, 노후화된 원전을 지키는 마

지막 사람, 원자로 관리실에서 로봇 개와 함께 죽음을 맞이하는 노인, 그 후에도 플루토늄과 스트론튬과 세슘은 땅 아래에 깨어 있고, 플라스틱은 400년이면 썩고 인간은 400만 년간 쿠거에게 쫓기는 영장류였지, 칼을 쳐서 보습으로 만드는 시대가 왔으니 군대의 장군들도 역사가 되어야만 하는데 누군가는 홧김에 핵폭탄 발사 버튼을 누를지도 모르고, 그러면 한 명의 검은 수레바퀴에 수천수백만이 빛으로 화할 것이다, 에네웨타크 환초는 1952년의 핵폭탄 실험으로 섬 하나를 영원히 잃어버렸다, 두렵고 복잡하고 경이로운 지식들, 2나노 반도체와 이온 컴퓨터에 대한 지식들, 혹은 사교기하학의 심플렉틱 다양체, 그럼에도 우리가 알지 못하므로 자연이라 불리는 것들, 대멸종을 다섯 번씩이나 겪었는데도 지구에는 여전히 무언가가 살아 있지, 이 행성이 계속 뜨거워지면 기후가 토성처럼 변할 수도 있다지만 나는 그 시간을 상상할 수 없으니 대신 여섯 번째 대멸종 이후의 생명들을 생각해보고, 다시, 언젠가 먼 미래에 다른 지성체가 나타났을 때 그들도 수레바퀴를 만나게 될까, 성장과 번영을 거쳐 결국에 가닿는 곳은….

어둠. 어느덧 해가 가라앉았다. 나는 땅바닥에 붙은 노을이 저 멀리의 건물들을 검은 윤곽으로 바꾸는 것을 본다. 그리고 시작되기도 전부터 저물어가는 내일을 위해 일어나 걷기 시작한다. 내일은 오늘보다 초라할 것이고 모레는 다시 내일보다 볼품없을 것이다.

나는 그 사실이 약간 서글프지만, 나의 관점이 아니라 영원의 관점으로 사물을 바라보기로 한다. 내게는 선택지가 얼마 없고 다만 느낌만을 선택할 수 있을 뿐인데 그 느낌은 지구 저편에 사는 사람들의 것보다, 가젤처럼 뛰던 학생의 것보다 더 중요하진 않을 것이다.

(정말로 그럴까? 어쩌면 수레바퀴로부터 도망갈 길이 없으니 그 안에서라도 만족할 방법을 찾으려는지도…)

〈끝〉

작가 주

1 인성+아이돌. 바른 인성과 선행으로 유명한 아이돌을 부르는 말.

2 연령대가 높은 여성 팬의 멸칭.

3 정신병의 준말로서 인터넷 언쟁 상황에서 상대의 비정상적 행태를 공격할 때 쓰임.

4 테리 이글턴, 《신의 죽음 그리고 문화》(알마, 2017, 조은경 옮김), 211쪽.

5 막스 베버, 《프로테스탄트 윤리와 자본주의 정신》(현대지성, 2018, 박문재 옮김), 101쪽.

6 학교 운동장 관리인 드웨인 존슨은 세계적 농업 제품 생산 기업인 몬산토를 상대로 민사소송을 제기하여 자신이 제초제에 포함된 글리포세이트 성분으로 인해 암에 걸렸다고 주장했고, 캘리포니아주 법원은 몬산토에 240억 원의 배상을 판결했다.

7 미국의 슈퍼히어로 코믹스 회사인 마블Marvel이 출판하는 만화들의 구심점이 되는 배경 세계. 다중우주와 평행우주 설정을 기반으로 수많은 인물과 이야기가 추가된다는 특징이 있다.

8 파충류 외계인들이 인류를 막후에서 조종하고 있다는 주장.

9 Will Steffen., et al., "The trajectory of the Anthropocene: The

Great Acceleration", *The Anthropocene Review*, vol.18, 2015.
(PDF) The Trajectory of the Anthropocene: The Great Acceleration
(researchgate.net)

10   Jevons paradox. 석탄 에너지의 효율이 증가할 경우 에너지 가격이 하락
     하고, 이로 인해 신규 자본이 유입되어 결과적으로는 석탄 사용량이 증가
     하는 반동효과Rebound effect가 나타난다.

11   Horace Herring, "Energy efficiency—a critical view", *Energy*, Vol. 31,
     January 2006. doi:10.1016/j.energy.2004.04.055 (fraw.org.uk)

12   https://www.technologyreview.com/2021/08/19/1032215/so-
     lar-panels-recycling/

13   실제로 지구는 간빙기와 소빙하기를 주기적으로 오가며, 기원전 20세기
     의 중국은 열대기후에 가까운 땅이었다.

14   1969년 인류가 처음으로 달에 착륙했을 때, 아폴로 11호를 제어한 컴퓨터
     의 메모리는 고작 16비트에 불과했다. 현재 개인용 컴퓨터의 메모리 사양
     은 8기가바이트에서 32기가바이트에 달한다.

15   주식 시장과 대체투자 시장 또한 큰 격변을 맞고 있지만, 이 책에서는 다
     루지 않기로 한다.

16   앤드루 로스, 《크레디토크라시》(갈무리, 2016, 김의연·김동원·이유진 옮김),
     93쪽.

17   Thomas Sankara (1987): A United Front Against Debt - Speech Be-
     fore the OAU. (marxists.org)
     Delivered: In French, on 29 July 1987, at the summit of the Organi-
     zation of African Unity held in Addis Ababa, Ethiopia.

18   에릭 뚜생·다미앵 미예, 《신용불량국가》(창비, 2006, 조홍식 옮김), 132쪽.

19   Jubilee 2000. 1990년대 초반부터 2000년도까지 영국을 근거지로 진행
     된 대규모 외채 탕감 프로젝트. 개도국들의 악성 채무를 탕감하는 것을 목
     표로 삼아 큰 호응을 이끌어냈다.

20   교황청은 2014~2018년 사이 총 3억 5천만 유로(약 4천698억 원)를 투
     자해 런던 첼시 지역의 고급 부동산을 매입·관리해오다 2억 유로(약 2천

188

685억 원) 이상의 손실을 떠안은 바 있다.

21 3장에서 자세히 다루겠지만, 수레바퀴는 어뷰징으로 분류될 수 있는 행
    동에 엄격한 편이다.

22 수레바퀴는 다양한 종류의 차별에 감점을 매기지만, 그렇다고 해서 소수
    자성에 점수를 부여하진 않는 것처럼 보인다. 소수자 정체성이 그 자체로
    청색 영역을 늘려주진 않는다는 의미다. 다만 폭력의 재생산이라는 측면
    에서, 적색 영역을 부여함에 있어 양해의 사유로는 작용하는 듯하다.

23 https://www.thetimes.co.uk/article/ray-hill-obituary-8rq95kljr.
    "…that as a breadwinner I was inadequate. That feeling of shame
    evaporates quickly if you can identify someone else who is to blame
    for your misfortunes. So, in my own mind, racial prejudice restored
    my standing as head of my family. The difficulties we had no longer
    reflected badly upon me as provider. The blame lay with the immi-
    grants, and it followed that to fight immigration was to fight for my
    family."

24 Leary, M. R. & Kowalski, R. M. (1990). Impression management: A
    literature review and two-component model. *Psychological Bulletin*,
    107(1), 34-47.

25 〈The Jenny Jones Show〉. 1991년부터 2003년까지 방영된 선정적 토
    크쇼 프로그램으로, 자신이 비웃음거리가 되었다고 느낀 출연자가 다른
    출연자를 살해하며 법적 소송에 휘말린 바 있다.

26 움베르토 에코, 《세상의 바보들에게 웃으면서 화내는 방법》(열린책들,
    2003, 이세욱 옮김), 145쪽.

27 갭Gab 및 팔러Parler. 무규제·무검열을 핵심적인 가치로 삼은 텍스트 위주
    SNS로서, 극단주의의 온상으로 평가받는다. 2018년의 피츠버그 총기난
    사 사건의 주모자는 평소 갭에서 활발히 활동했던 것으로 알려져 있다.

28 Graham Candy, Conceptualizing vigilantism, 2012 Conceptualizing
    vigilantism in: *Focaal*, Volume 2012 Issue 64 (2012) (berghahnjournals.
    com)

29 Baumeister R.F., et al., "Social exclusion impairs self-regulation",

Journal of Personality and Social Psychology, 2005, 88, pp.589-604. (PDF) Social Exclusion Impairs Self-Regulation. (researchgate.net)

30   Maner J. K., et al., "Does social exclusion motivate interpersonal reconnection? Resolving the 'porcupine' problem", *Journal of Personality and Social Psychology*, 2007, 92, pp.42-55. Maner2007.pdf (ubc.ca)

31   안티힐 집단이 공격적이고 배타적인 경향을 보이는 것은 사실이지만, 비-안티힐이 모두 온당한 태도를 지닌 것은 아니다.

32   문화비평적으로 접근할 경우 공포영화의 기괴한 크리처들은 장애와 기형, 소외된 사람들에 대한 터부와 연관되어 있고 〈대부〉와 같은 마피아 영화들은 이탈리아계 이민자에 대한 시선과 불가분의 관계지만, 수레바퀴는 그 부분을 창작자와 향유자의 공동 책임으로 남겨두려는 듯하다. 해석이 관객의 몫인 만큼 거기에 영향을 받아 일어나는 행동 또한 행위자 자신의 몫으로 간주된다.

33   폴 블룸, 《공감의 배신》(시공사, 2019, 이은진 옮김), 211쪽.

34   John Maynard Keynes, "Economic Possibilities for our Grandchildren (1930)," in Essays in Persuasion (New York: Harcourt Brace, 1932), pp.358-373.

여기까지 읽으신 분들이라면 어떤 방향으로든 의견을 가지고 계시리라 생각합니다. 수레바퀴의 주장이 과도하게 급진적이라거나, 그런 방식으로 사람을 지옥에 보내는 건 부당하다거나, 수레바퀴가 선善일 수는 없다는 식의 의견 말입니다.

그런 개별적인 의견에 작가가 말을 얹는 것은 아무래도 월권인 듯합니다. 그러니까 이 점에 대해서는, 수레바퀴의 태도든 화자의 서술 태도든 제3자의 반론이든 간에, 작중의 요소 모두가 현실의 제 지향과 일치하는 것은 아니라는 입장만을 밝히도록 하겠습니다. 마찬가지로 무엇이 합당하거나 타당하다는 판단을 내리는 것도 읽으신 분들의 몫입니다.

대신 여기서는 이 글의 제작 비화와 부수적인 사실들만

몇 가지 소개할 생각입니다.

1.

플라톤의 《국가》에는 글라우콘이라는 철학자가 소크라테스에게 정의의 본질을 따져 묻는 대목이 나옵니다. 정의가 그 자체로도 좋으며 결과로 인해서도 좋은 것이냐, 혹은 결과로 인해서만 좋은 것이냐 하는 것입니다.

소크라테스의 입장은 전자이지만, 글라우콘은 후자의 입장을 대변하며 "정의는 그 자체로는 전혀 좋지 않으며 수고로울 뿐이다. 그러나 그 수고로움을 무릅써서라도 얻을 수 있는 이득이 크고, 정의롭지 못한 사람은 사회적으로 배척당할 것이므로 정의를 택하는 것이다"라는 주장을 펼칩니다. 이 과정에서 '기게스의 반지' 이야기가 소개되지요.

평범한 소년이었던 기게스는 우연히 반지를 얻게 되는데, 이 반지에는 안쪽으로 돌리면 착용자가 투명해지는 마법이 걸려 있습니다. 무슨 일을 저지르더라도 들키지 않게 되지요. 기게스는 반지의 힘을 빌려서 왕비와 간통을 저지르고 왕을 죽인 다음 왕위를 찬탈합니다. 그리고 완벽한 삶을 누립니다.

글라우콘은 기게스의 예시를 통해 "이처럼 불의를 행하더라도 아무런 불이익을 받지 않는 사람은 마음껏 사익을 추구할 것이며, 따라서 정의 자체에는 구속력이 없다"는 논변을 펼칩니다. 그리고 이런 문제 제기는 시간이 흐르며 도덕성의 정당화Justification for morality 문제라는 이름을 얻습니다. 무엇이 정의이고 도덕인지는 알겠으니, 거기에 실제적인 구속력을 부여하는 요인이 무엇인지 설명해보라는 것입니다. 아무도 없는 운동장에서 큰돈을 주웠다고 가정할 경우, 그냥 챙겨도 아무런 문제가 없을 것이 분명한데도 주인을 찾으려 애쓸 이유가 무엇이냐는 것입니다.

이 문제를 까다롭게 만드는 것은, "그것이 정의로운 일이기 때문에 정의롭게 행동해야 한다"는 주장이 순환논증이라는 사실입니다. 자기 자신을 근거로 삼는 논증은 건전하지 않지요. 따라서 스터바James P. Sterba는 도덕성의 정당화 문제를 해결하기 위해서는 선결문제 요구의 오류를 범하지 않는 논증이, 도덕과 무관한 외부적인 이유가 필요하다고 봅니다.

이때 곧잘 사용되는 도구로는 경제적 합리성이 있는데, 짧게 정의하자면 '자기 이익의 극대화를 위해 일관적인 전략을 취하는 태도'입니다. 즉 합리성을 사용한 접근은 글라우콘의 후예인 셈입니다. 도덕은 사익 추구 및 이익 극대화의 한 형태라는 것이 이 부류의 논지가 되지요. 여기까지는 꽤 직관적인 데다 매력적으로 와닿습니다.

그런데 문제는, 도덕을 이익 극대화로만 이해할 경우에

는 온전한 설명이 불가능한 상황이 생긴다는 것입니다. 단적으로 생각하더라도 그 주장이 무결하다면, 극도의 경제성을 추구하는 현대 사회는 극도로 도덕적인 사회가 되어 있어야 할 것입니다(물론 여기에는 마땅한 반박과 재반박들이 있습니다만, 이 글에서 온전히 다룰 수 있는 내용은 아니므로 넘어가도록 하겠습니다).

결국 합리성과 도덕성은 묘한 관계에 있습니다. 합리성은 도덕성에 구속력을 부여하기도 하지만 그 반대로 작용하기도 하지요. 그렇다면 만약, 합리성이 도덕성에 종속된다면 어떻게 될까요? 글라우콘이나 고티에 등이 빌려온 사회계약의 힘 정도가 아니라, 정말로 초월적인 무언가가 고통스러운 판본의(작중에서 묘사된 세계는 아무래도 즐거운 곳이 아닙니다) 정의를 '눈에 보이는 방식으로' 강요하기 시작한다면요? 그리고 그걸 따르는 게 가장 합리적인 선택이 된다면요?

세상이 꽤 흥미로운 방향으로 바뀌리라 생각합니다. 이 흥미로움에는 물론 청색 영역의 비중을 올리기 위한 합리적 전략들의 세목이 포함될 테고요. 《세계는 이렇게 바뀐다》의 페이크 르포식 구성과 접근 방식은 여기에서 출발한 것입니다.

2.

앞에서는 기술적인 수준에서의 제작 비화를 다뤘으니

까, 이번에는 제작 동기를 다뤄보겠습니다. 우선 시작은 SNS에 올라온 게시글이었다고 기억합니다. 어떤 작가분이, "자신이 천국에 갈지 지옥에 갈지 알 수 있는 세계에서, 지옥행이 확정된다면 무엇을 하겠느냐?"라는 질문을 던졌지요.

사람들이 그에 대해 갑론을박을 펼쳤는데 제가 보기에는 정답이 꽤나 자명해 보였습니다. 도덕이 제로섬 게임이 아니며 죄와 선행의 의의가 불균형하다는 사실에 의해(평생토록 착하게 살아온 사람이 쾌락살인을 저지른다고 해서, 이전의 선행이 그 살인의 값이 될 수 있는 것은 아닙니다), 지옥행은 확정일 수 있지만 천국행은 확정이 아닙니다. 죽기 직전까지 지옥에 갈 가능성이 상존하지요.

한편 지금의 살인이 지니는 도덕적 무게가 자연적인 사실(죽음 이후가 불확실하며, 우리가 감각할 수 있는 것은 오로지 현존하는 동안의 세계뿐이라는 사실)에 의해 결정된다는 점을 뒤집어서 생각해보면, 천국과 지옥이 명백히 존재하는 세계에서의 죽음은 덜 심각한 사건이 될 것입니다. 바이킹 전사들이 전장에서의 죽음을 두려워하지 않았던 것처럼요. 또한 대부분의 신화와 종교에서, 사후세계의 시간과 현실에서의 시간이 불균형하게 묘사된다는 사실을 떠올릴 수도 있겠습니다. 신화에 묘사되는 인간들은 대개 찰나 같은 삶을 딛고 사후세계의 영겁으로 떠나지요. 그렇다면 죽음이 덜 중요한 사건이 되는 만큼 삶의 중요성도 약화될 것입니다.

따라서 이때의 최적화 전략은, 지옥행이 확정된 사람들이 (지금 이 시점에서는) 천국행 표를 끊어놓은 사람들을 탐색해 죽이는 것입니다. 지금의 지구에는 천국이나 지옥에 관심이 없으며 지금의 삶에 충실하려는 사람이 많지만, 막상 사후 세계가 현실로 닥친다면 평소의 견지를 유지할 만큼 완고한 유형은 거의 없을 것입니다. 물론 살인의 방법은 약물을 사용한 안락사와 같이 인도적인 방식이어야 하며 사망자에게 불필요한 공포나 불안을 유발해서는 안 됩니다. 또한 사망자의 동의를 얻는 절차를 의무화하거나, 아예 국가 주도로 안락사 기관을 운영할 수도 있을 것입니다.

지금은 분량의 한계상 핵심적인 아이디어들을 간략히 스케치하는 정도로만 전개하고 있습니다만, 이건 분명히 특정 조건하에서는 정교한 정당화가 가능한 제안입니다. 다양한 종류의 해악을 최소화하면서 천국에 갈 사람의 수를 극대화할 방안이지요. 그런데 이런 실천은 우리의 직관에 반하거니와(이런 사회가 좋은 사회라고 볼 사람은 얼마 없을 것 같습니다), 천국과 지옥을 결정하는 초월적인 존재조차도 언짢게 느낄 것이 분명합니다.

이 충돌에 대해 쓰면 꽤 재밌겠다는 생각이 들었습니다. 충돌을 성립시키는 배경을 설명하다 보니 글이 경장편 분량으로 늘어났고요. 그러니까 《세계는 이렇게 바뀐다》는 사실 3장의, D의 이야기에서 출발하는 글인 셈입니다.

3.

저는 사람들이 주어진 환경 및 상황에 적절히 반응하고 전략적으로 행동하면서 벌어지는 사건들을 좋아하고 그걸 즐겁게 바라보는 편입니다(물론 제가 직접 행동하는 것도 좋아합니다). 이렇게 써놓으니 조금 이상해 보이는데, 그냥 인간의 조건 때문에 일어나는 모든 일들을 좋아한다고 생각해주시면 감사하겠습니다.

소설은 그 놀이를 펼쳐놓기에 적합한 무대입니다. 《세계는 이렇게 바뀐다》는 규칙 게임으로서의 특성이 유별나게 강한 글이고요. 이 모두가 사상적 지향을 떠나 독자 여러분께 충분히 재미있고 흥미로운 게임으로 받아들여졌기를 조심스레 기원합니다.

4.

윤리와 종교가 동치일 수 없을지라도, 그 둘이 서로 영향을 주고받은 역사를 감안하면, 종교를 빼놓고 윤리 이야기를 할 수는 없습니다. 즉 윤리학적인 부분은 간략하게나마 설명을 마쳤으니 신학으로부터 빌려온 설명 도구에 대해서도 살짝 덧붙여보고자 합니다. 일단 작중에서 나타나는, 수레바퀴가 제시하는 도덕률에 대한 상반된 시각("정의로운 행동은 수레바퀴에 의해 선택되었기 때문에 정의로워지는가? 혹은 수레바퀴는 합리적이고 외부적인 질서에 근거하여 행동을 선택하고 있는가?")은 메타윤리학의 영역입니다만 주의주의主意主義적 신학관과 주지주의主知主義적 신학관의 대립으로도 읽을 여지가 있을 것입니다. 또한 2장 말미의, 종교와 시장을 연결 짓는 대목은 《하나님이냐 돈이냐》(자끄 엘륄)나 《신이 된 시장》(하비 콕스) 등의 저술에서 다룬 바와 연관이 깊습니다.

5.

마지막으로, 가벼운 이스터에그가 하나 있습니다. 3장의 J와 D는 저의 또 다른 작품 《인버스》(마카롱, 2022)와 《개의 설계사》(아작, 2023)의 주조연 둘입니다.

작가의 말을 매듭지으며

이 글을 끝까지 읽어주신 독자분께,

이 글을 가장 먼저 좋아해주신 어머니께,

이 글 3장의 심리학 관련 인용의 건전성을 확인해주신 어진아 님께,

이 글을 박지리문학상 수상작으로 뽑아주신 심사위원

선생님들께,

　　이 글의 시작과 끝을 함께해주신 사계절 김태희 편집장
님과 출판사 선생님들께,

　　감사 인사 드립니다.

2023년 8월

단요

영원의 관점으로 보기 ——————————— 금정연(서평가)

> 소설은 이미 현실에 존재한다.
> 작가의 임무는 현실을 창조하는 것이다.
> -J.G. 발라드[1]

1.

전통적인 수사로 시작하자. 좋은 소식과 나쁜 소식이 있다. 좋은 소식은 지금 당신의 손에 들린 《세계는 이렇게 바뀐다》가 완벽한—내 기준엔—논픽션이라는 거다. 딱 하나, 논픽션이 아니라는 사실만 빼면. 그리고 그것은 나쁜 소식이다. 적어도 나한텐 그렇다.

몇 가지 문제가 있다. 먼저 발단-상승-절정-하강-결말로 이어지는 통상적인 프라이타크 삼각형을 따르는 대신 "페이크 르포식 구성과 접근 방식"(194쪽)을 채택한 소설에 걸맞은 해설의 내용과 형식이 무엇인가 하는 문제. 일단 왜 페이

---

[1] J.G. 발라드, 《크래시》, 김미정 옮김, 그책, 2011, 6쪽.

크 르포인가에 대해서라면('작가의 말'에 친절한 설명이 있긴 하지만) J.G. 발라드의 말을 인용할 수 있을 것이다.

> 내가 느끼기에 작가의 역할과 휘두를 수 있는 권한, 그리고 파격은 빠르게 바뀌었다. 어떤 의미에서 보면 작가는 이제 더는 아무것도 모르는 것 같다. 작가는 도덕적 태도를 취하지 않는다. 독자에게 머릿속에 든 내용, 즉 다양한 선택과 가공의 대안을 제시한다. 작가의 역할은 사파리에서든 연구실에서든 미지의 영역과 과제를 만난 과학자와 같다. 할 수 있는 모든 것에 대하여 다양한 가설을 세우고 사실에 대해 검증하는 것이다.[2]

그다음엔? 주제를 제시하고, 캐릭터를 분석하고, 줄거리를 요약하고, 플롯의 변곡점을 짚으며 중간중간 '숨겨진 의미'를 드러내고 적당한 '해석'을 끼워 넣는 표준적인 해설의 양식이 여기에 어울리지 않는 건 분명해 보인다.

소설의 인물들이 보여주는 윤리학적, 법철학적, 정치철학적 입장과 함의를 정리하여 그것들이 지금-여기의 당면문제들과 어떻게 조응하는지 하나하나 짚어가는 방식은 어떨

---

2 J.G. 발라드, 같은 책, 7쪽.

까. 그러니까 작중에 등장하는 국립대 철학과 교수이자 윤리학자인 K라면 그렇게 접근할 수도 있겠다는 말이다, 내가 아니라.

　"인간의 정수리에서 50센티가량 떠올라 있으며, 정의를 상징하는 청색과 부덕을 상징하는 적색 영역으로 이분"(14쪽)된 수레바퀴를 인간 진화의 결과로 간주하며 트랜스휴머니즘이나 포스트휴머니즘적인 측면에서 접근하는 방법도 고려할 수 있다. 나쁘지 않은 아이디어다. 소설이 그리는 게 어떤 인간성의 초월이나 극복이 아니라, 수레바퀴의 등장으로 더욱 적나라하게 드러난 오래된 "인간의 조건"(197쪽) 혹은 "인간성의 굴레"(184쪽)인 것처럼 보인다는 점을 무시한다면. "무엇보다도 수레바퀴가 제시하는 요건은 인간성을 극복해야 한다는 점에서 비인간적이다."(146쪽) 인간을 인간으로 만드는 요소들은 생각과 달리 대개 숭고보다는 궁상과 치졸 쪽에 한없이 가깝지만, 그것 없이 인간은 성립하지 않는다. 적어도 '나'가 바라보는 인간은 그렇다. 그렇다면 작가는 소설을 통해 '인간성'을 긍정하고 찬양하는 전통적인 의미의 휴머니즘이 아닌, '아무리 도망쳐도 자기 자신으로부터는 도망칠 수 없다'는 식의 실용적인 인간관을 통해 난립하는 트랜스-포스트-메타-어쩌고저쩌고-휴머니즘-담론들에 슬쩍 어깃장을 놓고 싶은 걸까?

글쎄, "사람들이 주어진 환경 및 상황에 적절히 반응하고 전략적으로 행동하면서 벌어지는 사건들을 좋아하고 그걸 즐겁게 바라보는 편"이며 "소설은 그 놀이를 펼쳐놓기에 적합한 무대"이고 《세계는 이렇게 바뀐다》는 규칙 게임으로서의 특성이 유별나게 강한 글"(197쪽)이라는 작가의 말처럼 이것은 촘촘하게 짜여진 닫힌 소설이다. 오해하면 안 된다. 그건 다만 작품의 특성이며 그 자체로는 좋을 것도 나쁠 것도 없다. 좀처럼 해설이 끼어들 틈이 보이지 않을 뿐이다.

2.

여기 우리의 세계와 그다지 다르지 않은, 오히려 지나치게 닮은 세계가 있다. 다만 설정 하나가 추가되었다. 모든 이들이 머리 위에 천국에 갈 확률을 보여주는 원판을 지고 다니는 것. 그것만으로 세계는 '이렇게 바뀐다'. 오래된 믿음들이 무너지고, 권력이 재편되며, 예상치 못했던 불만들, 새로운 문제들이 튀어나온다. 그렇지만 밑바닥에 깔린 전제는 바뀌지 않는다. 물은 축축하고, 인간은 인간적이라는 것. 인간은 변화한 조건 속에서 더 잘 살아남기 위해서, 죽어서까지도 더 잘 살아가기 위해(죽음 이후의 시간이라는 것도 결국 현재의 시간을 통해서 유추할 수밖에 없으므로 현생을 사는 이의 인식 지평에서 그것은 연장된 삶에 다름 아니다) 새로운 행동전략을 채택하지만, 그로 인해 바뀌는 건 세계이지 인간이 아니라는 말씀. 물론 그건 인간성(그것을 뭐라고 정의하건)이라고 불리는 것이 고정불변이라는 뜻은 아닐 것이다. 다만 우리 자신에 대한 편견을 바꾸기에 1년은 너무 짧다. 그러니 호들갑을 떨 필요는 없다. 어떤 일이 실제로 일어나기 전까지는 온갖 난리를 부리더라도, 막상 닥치고 나면 입을 다물고 제 할 일을 하는 게 인간이니까. 수레바퀴는 이미 모두의 머리 위에서 굴러가기 시작했으니까. '나'도 마찬가지다. '나'는 르포 작가로서 바뀐 세상을 취재하고 글을 쓴다. 통상의 소설이 그런 과정에서 모종의 사건이나 음모에 휘말리는 작가나 기자의 이야기를 그리는 것과 달리, '나'가 취재를 통해 책으로 쓴 르포가 바로 이 소설이다… 그리고?

이쯤에서 나는 해설보다는 차라리 "21세기 말의 시점에서 20세기 미국을 돌아보는 형식으로 쓰인"[3] 리처드 로티의 에세이 《2096년에서 되돌아보기》를 따라, 22세기 초의 시점에서 과거의 고전을 다시 읽듯 《세계는 이렇게 바뀐다》를 매개로 책이 출간된 후 한 세기가 흐르는 동안 변화된 세계와 인간의 조건을 일별하는 일종의 미래-역사-픽션을 쓰고픈

---

3   신우승, 〈설명 원고 읽고 가세요: 리처드 로티의 《2096년에서 되돌아보기》〉, 전기가오리, 2021, 2쪽.

충동을 느낀다. 그쯤이면 인간의 자기 인식 또한 변해가는 세계에 발맞춰 충분히 변하고도 남았을 테니까. 논픽션-소설에 대한 픽션-해설이라, 꽤 그럴듯한 아이디어다. 내가 그것을 쓸 수 없다는 사실을 제외한다면.

3.

소설은 물론이고 영화나 드라마, 웹툰에서 사람들의 머리 위에 모종의 정보를 담은 무언가가 나타난다는 상상은 새롭지 않다. 남은 수명이 표시되는 게 가장 흔하고, 현재와 미래의 자산이 표시되는 경우도 있다. 운명의 상대나 레벨이나 소속 세력이 표시될 수도 있으며, 매일 만원 지하철을 타고 출퇴근하던 시절 나는 앉아 있는 사람들의 머리 위로 내릴 역이 표시되면 좋겠다는 생각을 하기도 했다. 이건 조금 다른 이야기지만, 빵집으로 유명한 대전에서 외떨어진 곳에 위치한 대학교 기숙사 생활을 했던 지인은 일요일이면 시내에 나가 빵을 사 먹는 게 인생의 낙이었다고 한다. 그러던 어느 일요일 신점을 보려는 친구를 따라 점집에 간 지인은 친구가 점을 보는 동안 뒤쪽에 앉아 빨리 빵집 가면 좋겠다, 오늘은 무슨 빵을 먹을까, 역시 튀김 소보로겠지? 같은 생각을 하고 있었다. 그런데 갑자기 점괘를 풀던 무당이 그런 지인을 바라보며 이렇게 물었다. "아니 그쪽은 왜 머리 위에 곰보빵을 둥둥 띄우고 다녀? 신경 쓰여서 일을 못 하겠네." 내 말은, 사람들의 머리 위에 나타날 수 있는 건 생각보다 훨씬 다양하다는 거다….

그렇다면 왜 하필 **수레바퀴**일까. 왜 그것은 너무나도 더없이 직관적인 방식으로 사람들이 천국에 갈 수 있는 확률을 보여주는 걸까. 몇 가지 이유를 추측할 수 있다. 죽음 이후의 시간과 세계에 대한 관심은 인류 보편적이라는 것—모든 문학 작품이 그럴 필요는 없지만 어떤 소설이 인류의 보편 관심을 다루는 건 지극히 자연스러운 일이다.

한편 우리의 행동거지 하나하나에 점수가 매겨지며 누적된 점수가 우리의 최종적인 운명에 막대한 영향을 끼친다는 설정은 한국 사회의 특수성을 상기시키기도 한다. "그런데 그게 다들 평소에 하던 일이거든요. 가게에 별점 매기고 리뷰란에 평가 쓰고"(103쪽)라는 작중 요식업자의 말처럼. 혹은 부동산과 더불어 한국인의 양대 관심사라고 할 대학 입시에 결정적인 영향을 미치는 '생기부'(때때로 '학교생활기록부'가 아니라 '생명기록부'의 줄임말인 듯 느껴지는)의 존재처럼.

더욱 중요한 건 버젓이 보이는 수레바퀴의 존재감과 임종의 순간에 펼쳐지는 시각 효과가 아무리 사후 세계의 실재를 가리킨다고 하더라도 누구도 살아서 그것을 확인할 수 없다는 사실—이러한 유보 혹은 유예가 작품에 일종의 극적 긴장을 부여하며 논픽션이라는 형식을 성립하게 한다. 만약 보이는 게 남은 수명이나 자산이라면, 그것이 진짜인지 아닌지는 금방 판가름 날 것이다. 그리고 그것이 진짜라면, '나'는 사랑하는 사람을 살리기 위해서나 부자가 되기 위해 당장 행동에 나서야 할 것이다, 사람들을 취재해서 책을 쓰는 게 아니라.

4.

아무리 그렇더라도, 왜, '나'는, 수레바퀴가 돌아가는 세상에서, 하필이면, 르포 같은 걸, 쓰고 있는 걸까?

SF는 보통 중간에서 느닷없이 시작한다. 우리는 곧장 낯선 세계로 내던져져 결코 귀환하지 못한다. '혼란에 빠진 주인공'은 SF에 흔히 등장하는 유형이다. 주인공은 이야기 첫머리에서 어떻게 그곳까지 가게 되었는지도 모른 채 낯선 장소 또는 낯선 세계에 있는 자신을 발견하게 된다.[4]

르포 작가는 잠시 내버려두고, 조애나 러스를 따라 낯선 세계에 내던져져 '혼란에 빠진 주인공'이 등장하는 또 다른 버전의 《세계는 이렇게 바뀐다》를, 그것의 프롤로그를 상상해

---

4 조애나 러스, 〈사변: SF에서 가정이란 무엇인가〉, 《SF는 어떻게 여자들의 놀이터가 되었나》, 나현영 옮김, 포도밭, 2020, 64쪽.

보자. 병원의 새벽, '나'는 병상에 누운 "노인의 평온한 얼굴을 내려다보며 죽음과 탄생이 맞닿아 있다는 격언을 되새기고, 고개를 들어 삶이 업보의 총합이라는 사실을 상기한다."(7쪽) 이윽고 "생명 유지 장치가 정지하면서 심전도가 곧은 일직선을 그리고, 멈춰 있던 원판은 망자의 생기를 흡수한 듯 빠르게 돌기 시작한다." 팽팽한 긴장 속에서 원판을 바라보는 '나'와 주변 사람들. 어지럽게 돌아가던 바늘이 마침내 청색에 멈춘다. "온화한 빛이 노인의 영혼을 거두어 가고 주름진 얼굴에도 평온한 표정이 떠오른다. 안도와 눈물과 환호성이 뒤섞여 나온다."(8쪽) 함께 기쁨에 젖어 있던 '나'는 갑작스러운 절규에 몸을 돌리고, 바늘이 적색에 멈춰 있는 대각선 병상에 있던 청년이 지옥으로 끌려 내려가는 모습을 본다. '나'는 "청년의 원판에서 청색 비중이 9할을 넘어간다는 사실"(9쪽)에 몸서리친다.

프롤로그가 끝나고 본문이 시작되면 시계가 뒤로 돌아간다. 어느 날 갑자기 사람들의 머리 위에 원판이 뜨고 세계는 혼란에 빠진다. "마지막 때의 징조라 말하는 사람이 있었고, 나노칩 음모론을 주장하는 사람이 있었고, 정신과에 달려가서 약을 증량하려는 사람이 있었다. 그러다가 두어 시간이 지나 죽어가는 이를 찍은 영상이 인터넷에 업로드되기 시작했다. 빛에 거두어지거나 어두운 심연으로 끌려 내려가는 영혼들."(25쪽) 다른 사람들과 마찬가지로 혼란스러워하던 '나'는 무심코 한 행동에 적색 비중이 늘어나며 소스라치게 놀라기도 하고, 유튜브에 나온 '꿀팁'을 따라 소소한 선행들을 하며 청색 비중을 늘리려는 시도를 하기도 한다. 우연한 기회에 윤리학자 K를 만나 사태의 함의를 어느 정도 이해하게 되지만, 이제 슬슬 익숙해졌다 싶은 시점에 윤리(학)적인 딜레마—그 유명한 트롤리 문제 같은—에 처하기도 한다. 그러다 사람을 죽이고 "더 오래 살았더라면 청색 영역이 훨씬 줄어들었겠지요. 저는 그 사람들이 천국에 가도록 도왔을 뿐이에요"(142쪽)라는 말을 당당하게 지껄이는 자칭 '천국의 인도자' D에게 사랑하는 사람을 잃고 그의 뒤를 쫓는다. 더 이상의 살인을 막기 위해서, 복수를 위해서, 자신의 수레바퀴가 핏빛으로 물드는 걸 감수하고라도….

반대로 도널드 웨스트레이크의 《액스》나 브렛 이스턴 엘리스의 《아메리칸 사이코》 같은 전통을 따라 살인마 D를 '나'의 자리에 세운 버전도 상상할 수 있다. 프롤로그는 똑같다. 다만 이제 '나'는 천국에 간 노인의 병상이 아니라 그 대각선에 있는 청년의 병상 옆에 있다. '나'를 포함한 가족과 친구들은 청색 비중이 9할이 넘는 청년이 당연히 천국에 갈 거라고 생각한다. 하지만 그들은 적색 위에 멈춘 바늘을, "그림자가 검은 연못처럼 열리더니 앙상한 손들이 청년의 영혼을 붙잡아 뜯어내는"(8~9쪽) 광경을, 그 부조리를 경악 속에서 그저 지켜볼 수 있을 뿐이다. 악인이 탄생하기 딱 좋은 순간 아닌 가? 비록 요즘엔 악인에게 서사를 주지 말라는 말이 유행하 는 모양이지만….

복수하는 '나'는 좋은 놈이다. 현대 사회에서는 사적 복 수가 용인되지 않는다고 하더라도 그렇다. 살인하는 '나'는 나 쁜 놈이다. 그럼에도 우리는 정도의 차이는 있어도 다소간 그 에게 이입하고 공감하기도 할 것이다. "하지만 옳고 그름을 떠나 솔직히 말하자면, 나 자신은 D의 제안을 솔깃하게 느낀 다. 같은 심정인 사람이 꽤나 많으리라고 본다"(151쪽)라고 르 포를 쓰는 '나'도 말하는 것처럼.

그렇다면 르포를 쓰는 '나'는 어떤가? 얼핏 '나'는 소설의 주인공이라기보다는 페이크 르포 형식을 취하기 위해 만들 어진 기능적인 인물, 일종의 누빔점처럼 느껴진다. 혹은 (일부 '문학 독자'들이 '논픽션(르포) 작가'들에 대해 생각하는 흔한 오해처 럼) 투명한 유리창같이 자신이 보고 들은 것을 고스란히 글로 옮기는 존재, 성실하지만 딱히 개성은 없는 '객관적인' 관찰자 이자 기록자처럼 느껴지거나. 물론 내 생각은 다르다. 세상이 이렇게 됐는데 르포를 쓰겠다고 나선 인간이 제정신일 리가 없지 않은가? 르포를 쓰는 '나'는 이상한 놈, 문제적 인물이다. 따라서 이것은 지금-여기와 모든 것이 똑같지만 모든 이들이 머리 위에 천국에 갈 확률 보여주는 원판을 지고 다니는 세계를 르포 형식으로 그린 소설이 아니다. 지금-여기와 모든 것이 똑같지만 모든 이들이 머리 위에 천국에 갈 확률 보여주는 원판을 지고 다니는 세계를 르포 형식으로 그렸기 때문에 소설인 것이다.

5.

미국의 작가이자 신경과 의사인 앨리스 플래허티는 《하이퍼그라피아》에서 심리학, 정신분석학 등의 연구 결과와 도스토옙스키와 루이스 캐럴 같은 작가들의 실제 삶을 통해 글을 쓰겠다는 열정이 일종의 뇌의 이상일 수 있다는 사실을 지적한다.

한국의 시인이자 비평가인 강보원은 에세이 쓰기에 관한 에세이의 한 꼭지에서 비슷한 이야기를 훨씬 간결하고, 아름답게 한다.

내가 생각하기에 《오즈의 마법사》에 등장하는 양철 나무꾼은 글을 쓰는 사람에 대한 가장 탁월한 이미지 중 하나다. 단순한 기구-작가. 그러니까 글을 쓰는 사람은 감수성이 풍부하고 마음이 따뜻한 사람이기 이전에 자신에게 마음이 결여되어 있음을, 나아가 마음이 자신의 바깥에 있다

는 것을 알고 있는 사람이다.[5]

소설에서 '나'가 스스로에 대해 직접적으로 언급하는 드문 순간이 있다. 소설의 중반, '나'는 모 사립대학교의 수학과 교수 P를 찾아간다. 그녀는 일반적인 통념과 달리 청색 비중이 78퍼센트나 되는, 조교들에게 호평을 받는 인격자인 동시에 수레바퀴를 미워하는 '안티휠'이다. 그녀가 세상의 진리를 탐구한다고 믿으며 평생동안 해왔던 일(그녀의 분야는 심플렉틱 다양체를 다루는 사교기하학인데… 이게 뭔지 아시는 분?)보다 낙후 지역에 전기 배선을 까는 일을 수레바퀴가 더 중요하게 생각하는 상황을 참을 수가 없다. 그녀는 말한다. "그렇다면 제 삶은 뭐가 되는 걸까요? 덜 중요한 부분이 핵심으로 변하고, 가장 중요했던 부분은 하찮아진다면요? 제가 너무 사치스러운 고민을 하고 있나요?"(115쪽) '나'는 P의 슬픔에 가슴 깊이 공감하는 한편, 다른 생각을 떠올린다. "그런데 이런 말씀 드리기 죄송스럽지만, 순수수학은 원래 관심도가 떨어지는 분야 아니었나요? 뭐랄까, 사람들이 알아주지도 않고, 돈이 벌리는 것도 아니고…."(117~118쪽)

5 강보원, 〈에세이의 준비〉 3화: 모조 마음, 민음사 블로그 https://blog.naver.com/minumworld/223160229110.

P의 얼굴에 정말로 슬픈 기색이 떠올랐다. 또 실수를 저지른 모양이다. 항상 이런 일이 벌어지는데도 내 청색 비중이 평균치보다 약간 낮을 뿐이라는 사실이 신기하다. 수레바퀴는 나를 부분적인 심신미약자로 간주하는지도 모른다. 어쨌거나 나는 정중하게 사과하며 인터뷰를 마무리 지었고, 연구실을 떠났다. (118쪽)

'또', '항상', '부분적인 심신미약자' 같은 표현에서 볼 수 있듯 '나' 역시 "자신에게 마음이 결여되어 있음을"(강보원) 안다. 그리고 이것은 단요가 여타의 작품들을 통해 천착해온 주제이기도 하다. 그는 "수레바퀴는 사회적 규칙을 충실히 따르는 사이코패스들에게 상당한 가점을 준다고 한다"(144쪽)거나 "사랑과 따스함이 아니라 원칙과 계산에 따라 행동하는 것"(173쪽)이라는 부분에서 엿볼 수 있듯, 마음이 결여된(흔히 '비인간적'이라고 표현하는) 이들이, 바로 그런 마음의 결여 덕분에 냉철하고 합리적인 판단으로 행하는 선(흔히 '인간적'이라고 표현하는)에 특히 관심이 있는 것처럼 보인다.

문윤성 SF 문학상을 수상한 단요의 장편소설 《개의 설계사》에서 인공지능 설계사로 일하는 주인공 도하 역시 마음이 조금쯤 결여된 사람이다.

내 마음속에는 끝나지 않는 채점표가 있다. 도덕적이었는지, 부도덕했는지. 이타적이었는지, 이기적이었는지. 온화했는지, 성급했는지. 공손했는지, 무례했는지. 상대를 만족시켰는지, 실망시켰는지…. 총점을 최대한 높게 유지하려는 노력은 나를 그럭저럭 사람다운 사람으로 만들고, 남을 해치지 않는 데에 도움을 준다. 그 노력을 선택한 것이 바로 내 진심이다. 나는 이 진심이 다른 이들의 진심만큼이나 값지길 바란다. 그리고 또….[6]

《개의 설계사》의 배경이 다른 장편소설 《마녀가 되는 주문》과 동일하다는 작가의 말과 《세계는 이렇게 바뀐다》에서 새빨간 수레바퀴를 자랑하는 J와 또 다른 장편소설 《인버스》의 정운채가 동일인물이라는 나의 추측을 더해 이러한 마음의 결여, 혹은 신경다양성, 혹은 인공지능에 대한 관심을 '단요 유니버스'의 핵심 테마로 지목하며 일종의 작가론을 쓸 수도 있을 것이다. 그러나 아쉽게도 지금 우리에겐 남은 지면이 얼마 없다.

6 단요, 《개의 설계사》, 아작, 2023, 217쪽.

6.

이제 마지막 의문을 던질 때가 됐다. 수레바퀴의 정체는 대체 무엇인가? 누가 사람들 머리에 수레바퀴를 올렸는가?

언젠가 내가 예로 든 '무당과 곰보빵' 이야기를 들려주자 소설가인 정지돈은 이렇게 말했다. 그건 그 무당이 그냥 한번 던져본 거라고, 근처에서 가장 유명한 게 빵집인데 여기까지 온 이상 분명 그걸 먹을 생각을 하고 있었을 거라고, 여대생은 빵을 좋아할 거라는 편견 또한 작용했을 거라고. 그건 내게 맥락을 고려하라는 말처럼 느껴졌고, 같은 시도를 여기에도 할 수 있다.

소설 속에는 수레바퀴의 정체를 추측할 만한 단서가 거의 없다. 그렇다면 작가의 다른 작품을 참고해야 한다. 지금까지 가장 유력한 가설은 두 개다. 하나. 강력한 인공지능이 인간 삶의 불행의 총량을 줄이기 위해 계획한 일이라는 가설(《개의 설계사》). 둘. 이것이 일종의 게임, 시뮬레이터이고 관리자가 게임 속 인물들의 불행의 총량을 줄이기 위해 코드를 조작해 수레바퀴를 추가했다는 가설(《마녀가 되는 주문》). 물론 이건 순전히 나의 추측일 뿐이다. 그러니 원한다면 선물투자에 실패한 누군가가 상실감에 감당하지 못할 만큼의 술을 마시고 꾸는 꿈이라고 생각해도 좋고, 자신이 관리하던 별을 빼앗기고 우주를 떠돌아다니다 운 좋게 지구에서 한 자리를 차지하게 된 '차원 생쥐'가 의욕이 앞서 벌인 일이라고 생각해도 좋다. 소설을 읽고 이어 이 글을 읽은 당신이라면 이미 알고 있듯이, '영원의 관점sub specie aesternitatis'에서 보면 그것들은 크게 다르지 않다.

토마스 네이글은 인간에게는 서로 다른 두 가지 관점이 존재한다고 주장한다. 하나는 일인칭적, 주관적, 실천가적, 행위자적 관점이고 다른 하나는 네이글이 '영원의 관점'이라고 명명한 삼인칭적, 객관적, 이론가적, 관찰자적 입장이다. 네이글은 두 관점이 서로 구분된다는 사실보다는 인간이라는 하나의 존재가 자기 자신에 대하여 그 두 구분되는 관점을 동시에 취한다는 사실을, 그것이 인간성의 본성을 포착한다는 점을 유념해야 한다고 말한다.[7]

전통적인 수사로 마무리하자. 좋은 소식과 나쁜 소식이 있다. 좋은 소식은 이것이 소설이라는 것─즉, 우리에게는 아직 수레바퀴가 나타나지 않았고 앞으로도 나타나지 않을 것이라는 사실이다. 그런데 이건 정말 좋은 소식인가? 나쁜 소식이 아니고?

7 최성호, 《인간의 우주적 초라함과 삶의 부조리에 대하여》, 필로소픽, 2019, 83~93쪽 참고.

박지리문학상

박지리문학상은 참신한 소재와 독특한 글쓰기로 인간 본질과 우리 사회를 깊이 천착해 한국 문단에 독보적 발자취를 남긴 박지리 작가의 뜻을 잇고자 사계절출판사에서 2020년에 시작한 문학상 공모입니다. 미등단 신인 및 단행본 출간 5년 이내의 기성 작가를 대상으로 합니다. 원고지 100매 내외의 단편소설 3편 또는 300매 내외의 경장편소설을 모집하며, 대상 1편에 창작지원금 5백만 원과 이기영 독자님의 후원금 2백만 원을 드립니다.

박지리 작가는 2010년 《합체》로 사계절문학상을 받으며 작품 활동을 시작했고, 《맨홀》《양춘단 대학 탐방기》《3차 면접에서 돌발 행동을 보인 MAN에 관하여》《번외》《다윈 영의 악의 기원》《세븐틴 세븐틴》(공저) 일곱 작품을 출간했고, 2016년 31세의 나이로 안타깝게 생을 마감했습니다.

처음 '박지리문학상'이 만들어지고 심사를 부탁받았을 때, 잠시도 망설이지 않고 기꺼이 하겠다고 했다. 다른 이유는 없었다. '박지리'라는 이름이 내 마음에 어떤 감정을 일으켰기 때문이다. 나는 그의 열렬한 독자 중 한 명이었고, 이제 다시 그의 신작을 읽을 수 없다는 사실에 우울해하고 있었다. 우울했다고 썼지만, 그것도 늘 잠깐이었다. 책장을 둘러보다가 그의 책이 보이면 짧은 한숨이 나오는 정도. 그것이 정확한 내 상태의 표현이 맞을 것이다. 오래되어 점점 깊어지는 작가가 있는 반면, 한순간 폭풍우처럼 몰아치고 사라지는 작가도 있다. 어느 쪽이 더 낫다고 할 순 없을 것이다. 작가가 쓸 수 있는 에너지란 그 질량의 총합이 언제나 정해져 있는 거 같은데, 가끔씩 그 한계치를 넘어서는 듯한 작품을 만날 때가 있다. 내

겐 박지리의 모든 작품이 그랬다. 그래서 나는 그의 작품을 읽는 것이 좀 슬프기도 했다. 남겨두지 않으려는 마음. 그 마음이 그의 문장에서 자주 읽혔기 때문이다. 말하자면 '박지리문학상'은 그 '남겨두지 않으려는 마음'을 기억하기 위해 제정된 상이라고 나는 받아들였다. (…) 올해 수상작은 〈세계는 이렇게 바뀐다〉이다. 이 작품을 처음 읽은 날이 지금도 선명하게 기억난다. 연구실 소파에 비스듬히 누워 첫 장을 펼쳤다가 어느 대목부터인가 조용히 책상으로 자리를 옮겨 앉아 스탠드 불빛 각도를 조절했고, 그러다가 점점 줄어드는 페이지를 셈하며 조마조마한 마음을 달래야 했던 새벽의 시간들. 그 낯선 새벽의 시간을 만든 것이 바로 이 작품이었다. 이 작품은 SF이자 판타지적 외향을 갖추고 있지만, 그보다 더 중요한 것은 바로 이 소설의 주인공이다. 이 소설의 주인공은 제목 그대로 '세계'이다. 1인칭 주인공이 등장하기도 하지만 그것은 숨겨진 주인공을 더 도드라지게 만드는 일종의 맥거핀일 뿐, 그 이상도 이하도 아니다. '세계'를 주인공으로 삼겠다는 소설가의 야심은 무엇인가? 이런저런 쓸데없이 너저분한 감상을 단숨에 내쳐버리고, 지금 우리가 저지르고 있는 허튼짓들과 말들을 돌처럼 바라보겠다는 태도. 돌과 같은 심정으로 인간을, 세계를 바라보는 시선. 그 단단하고 굳은 태도가 이 소설의 기본적인 기조이다(그래서 이 소설에서 인물보다 더 중요한 것은 이데

올로기와 역사이다). 마치 한 편의 새로운 '거대 서사'의 등장을 알리는 듯한 이 소설이, 이제는 역사 속에서 퇴장해버린 총체성의 세계 속으로 우리를 데려가주길, 그 변화의 시작점이 되어주길 간절한 마음으로 빌어본다.

이기호(소설가)

〈세계는 이렇게 바뀐다〉는 소설의 외피를 빌린 기나긴 독설에 가깝고, 문제 있는 소설인 동시에 문제적인 소설이었다. 모든 게 데이터로 표현 가능하고 우리 자신까지도 데이터로 환산되는 시대에서, 데이터로는 판독되지 않는 어떤 본질들을 '수레바퀴'라는 표상을 통해 드러낸다. 적절한 자리에 동원된 텍스트와 각주는 작가의 방대한 독서 이력과 사회문제에 대한 관심을 보여준다. 누구도 결론 내리기 어려운 도덕률의 문제를 이분법적인 색과 바늘로 표시한다는 불편한 세계관을 작정하고 펼쳐놓고서 시작하는 이 소설은, 어느 정도는 스스로 정해놓은 결론을 향해 질주하는 느낌이 든다. 그것은 이 소설이 선택한 인터뷰라는 형식과도 무관하지 않을 텐데, 독법에 따라선 자칫 여러 모순적인 상황과 질문들을 그 자리에 노골적으로 펼쳐만 놓았다고 볼 수도 있다. 그 와중에 각 인터뷰이들의 단언적인 태도와 그에 따른 부연 서술이 난무하면서, 인간을 바라보는 작가의 시선과 스탠스에 다소 의구심을 갖게 되는 단락들도 눈에 띈다. 그럼에도 이 거친 패기를 외면할 수 없었던 까닭이라면, 정말이지 우리가 다방면으로 망해가고 있기 때문이다. 철저히 망해가는 것을 누구나 알고 있는데도, 이 정도로까지 바싹 코앞에 다가가 직설적으로 이야기하지 않으면, 도무지 자신이 어떤 상황에 놓여 있는지조차 인식하지 않으려 들고 최소한의 의사소통 시도조차 거부하는 시대에 필요한 소설이라는 생각이 든다. 어떤 소설을 당선작으로 동의하기를 넘어서 지지할 때 나는 가능한 한 호의적인 언급을 아끼는 편이다. 이 난감한 매력을 포착하는 즐거움이 온전히 독자분들의 손과 눈에 달려 있기를 바라서다.

구병모(소설가)

〈세계는 이렇게 바뀐다〉는 인터뷰를 차용한 형식에 걸맞게 무수한 말들이 쏟아지며 부딪치는 작품이다. 과학기술, 산업과 금융 경제, 행정 정책 등 세계를 좌지우지하는 지식 권력의 근간에 자본주의가 공고하게 자리 잡고 있다는 현실을 다시 인식하면서, 이러한 세계에서 인간 개개인 및 집단의 도덕의식은 어떻게 조종당하고 영향받는지 수레바퀴라는 가상의 장치를 통해 모의하는 상상력의 규모가 다른 응모작들에 비해 압도적이다. 가상의 장치를 설득력 있게 제시하기 위해 뜬금없는 설정에 기대지 않고 다양한 분야의 논픽션을 다

독하고, 그것을 참조하고 인용하는 데 그치는 게 아니라 주체적으로 재해석하고, 그리하여 사실과 허구를 잘 혼합하여 세계의 현실과 미래의 가능한 한 양상을 지어내 보였다. 적과 청이라는 단순 이분법 및 적의 결과는 지옥이라는 모호한 종교적 사후 세계의 설정이 작품의 핵심이자 가장 취약한 부분이라는 모순을, 독자뿐만 아니라 작가 스스로 가장 명확하게 인지하고 있을 거라 생각하며, 그것을 다음 글쓰기에서 어떻게 돌파할지 기대해본다.

윤경희(평론가)

세계는 이렇게 바뀐다

수레바퀴 이후

2023년 9월 5일 1판 1쇄

지은이 단요

편집 김태희, 장슬기, 윤설희, 최경후, 이여름 디자인 김효진
제작 박흥기 마케팅 이병규, 이민정, 최다은, 강효원 홍보 조민희

인쇄 천일문화사 제책 책다움

펴낸이 강맑실
펴낸곳 (주)사계절출판사 등록 제406-2003-034호
주소 (우)10881 경기도 파주시 회동길 252 전화 031)955-8588, 8558
전송 마케팅부 031)955-8595 편집부 031)955-8596
홈페이지 www.sakyejul.net 전자우편 literature@sakyejul.com
블로그 blog.naver.com/skjmail 페이스북 facebook.com/sakyejul
인스타그램 instagram.com/sakyejul

ISBN 979-11-6981-154-5 03810